深夜食堂

シンヤショクドウ

3

安倍夜郎

AI
めし
やきいも

菜單

深夜4時

第30夜◎鍋燒烏龍麵
不知是誰說的，怕冷的女人比怕熱的女人可愛。
好冷！
BAR
ツバキ
single
VIP
R.B
林
こいと
七つの子
要是按這這種說法小瞳就成了——
哈啾！
妳還好嗎，小瞳。
最最可愛的女人啦。
請給我鍋燒烏龍麵。

啊……
冬天不能跟男人分手的。……晚上好冷……
我會手腳冰冷，好難受。
小姐，要不要我來溫暖妳啊？
!?
謝謝，不用了。跟你在一起，好像會更冷呢。
小瞳怕冷，不只是因為手腳冰冷的緣故。她老是倒貼男人，然後被甩。這是陪酒的阿霞說的。

啊……好冷！鍋燒烏龍麵還沒好嗎？
喀啦
！
……好像很暖和……
歡迎光臨……來，小瞳，鍋燒烏龍麵久等了。
我也要鍋燒烏龍麵。

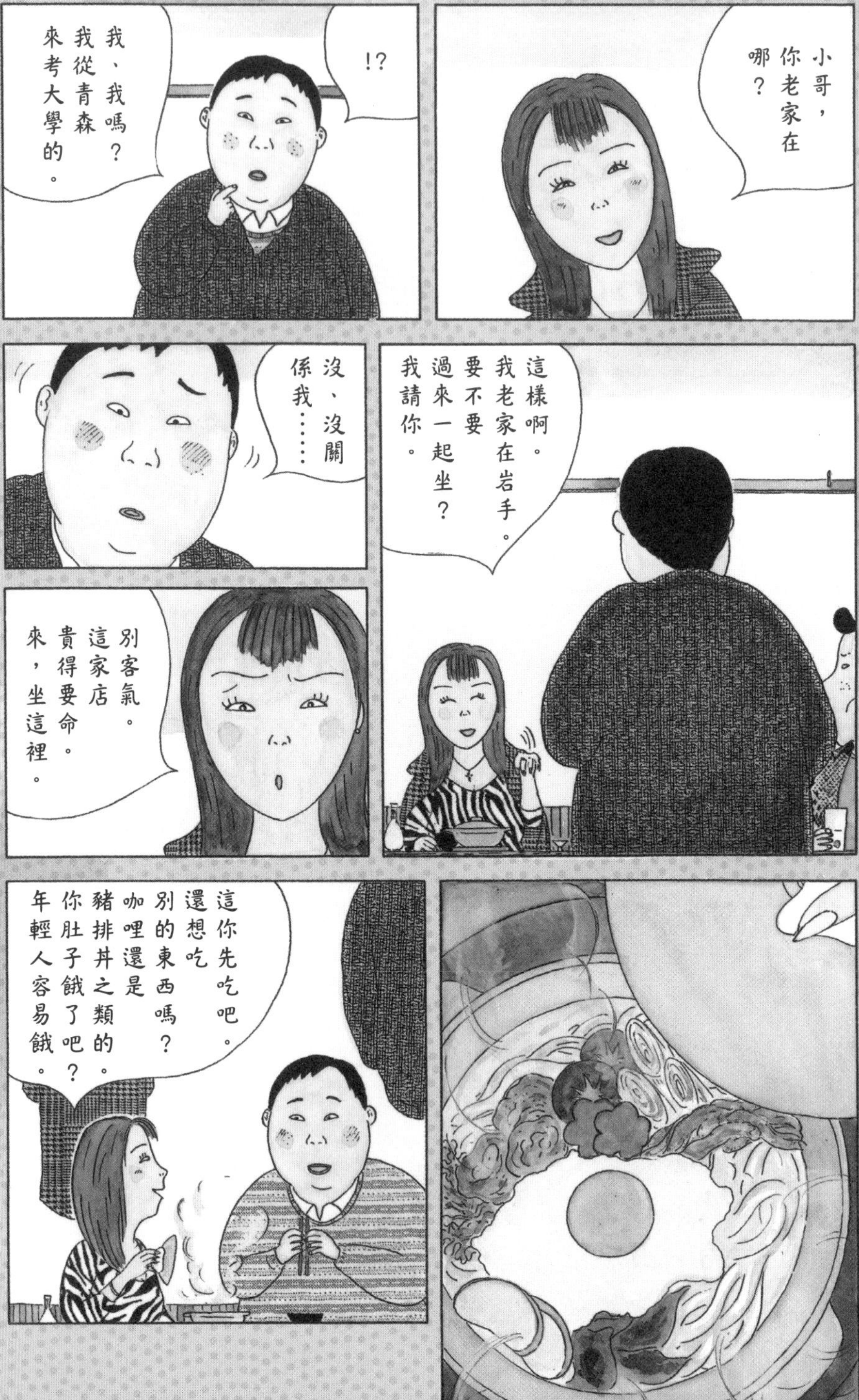
小哥，你老家在哪？
!?
我、我嗎？我從青森來考大學的。
這樣啊。我老家在岩手。要不要過來一起坐？我請你。
沒、沒關係我……
別客氣。這家店貴得要命。來，坐這裡。
這你先吃吧。還想吃別的東西嗎？咖哩還是豬排丼之類的。你肚子餓了吧？年輕人容易餓。

那就豬排丼吧……
老闆，一份豬排丼快點！
……好。
當然，那天晚上小瞳就把年輕人「外帶」回家了。
SNACK
常夏
Get
スタイル
Bar
CLUB
兩星期後——
めしや
老闆，給你蘋果。
怎麼啦？
鄉下人真的很有禮貌。送了一箱蘋果給我，說是上次的回禮。

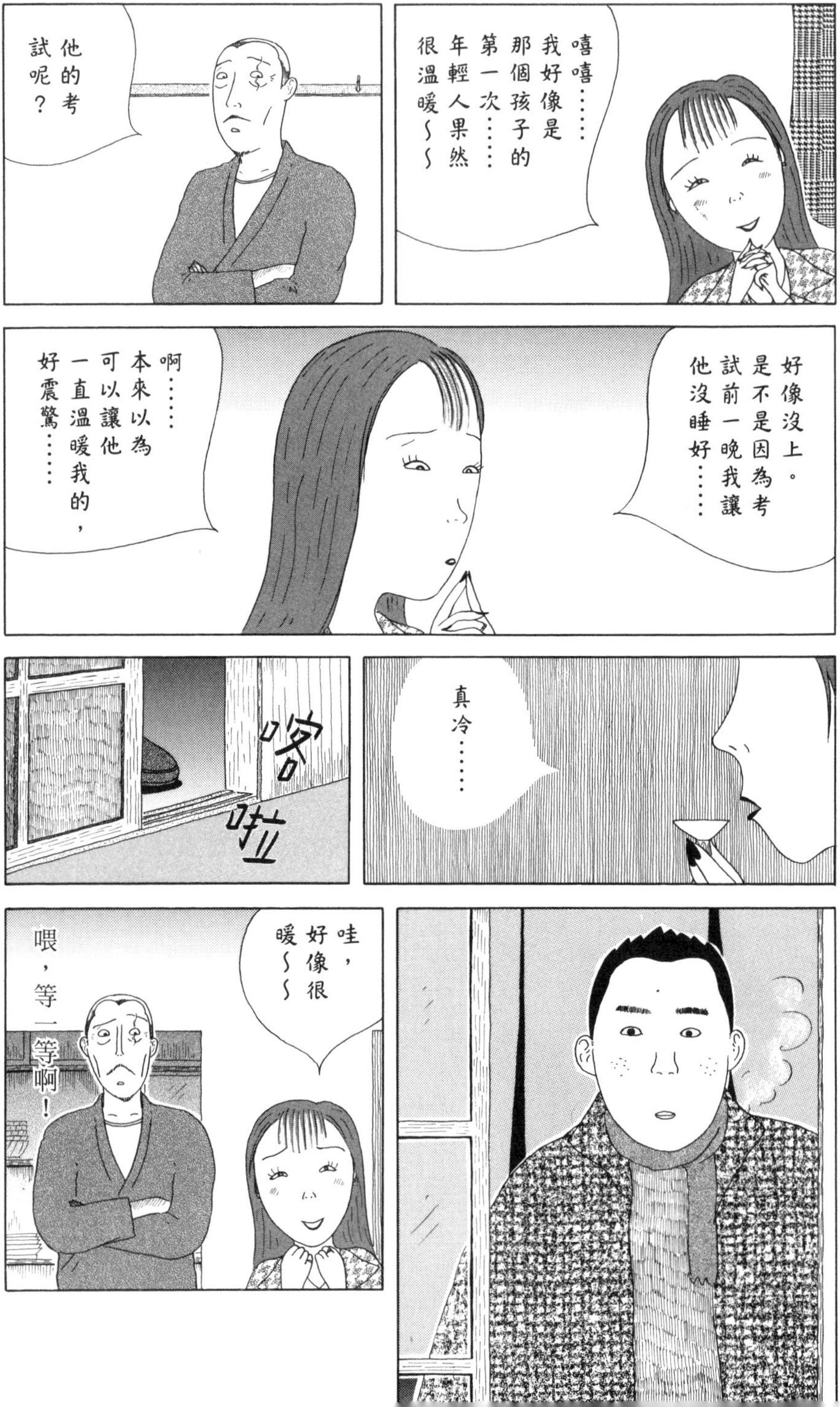
嘻嘻……我好像是那個孩子的第一次……年輕人果然很溫暖～～
他的考試呢？
好像沒上。是不是因為考試前一晚我讓他沒睡好……
啊……本來以為可以讓他一直溫暖我的，好震驚……
真冷……
喀啦
哇，好像很暖～～
喂，等一等啊！

考季結束後——
哎，老闆你有在聽嗎!?
小瞳她啊，免費讓考生跟她睡呢……
他們回去的時候還買便當、送禮物給他們，
沒考上的人她還送西裝呢。而且還不是一兩個人！
咦……
有什麼關係，我的錢我愛怎花就怎花。
替別人買衣服之前，先替自己買吧。老穿這種便宜貨。
要妳管。為喜歡的人花錢，一點也不心疼！

從那之後，每年這個季節小瞳都會來店裡吃鍋燒烏龍麵，等待看起來很溫暖的年輕人出現
我們附近有便宜的旅館，所以常有考生。
ホテル
HOTEL DREAM
喀啦
今年好像也很溫暖……
到東京來考大學，經由小瞳成為男人的年輕人到底有多少呢……但是從來沒聽說有人考上的。
八年後——
老闆，店讓我包一晚上可以嗎？

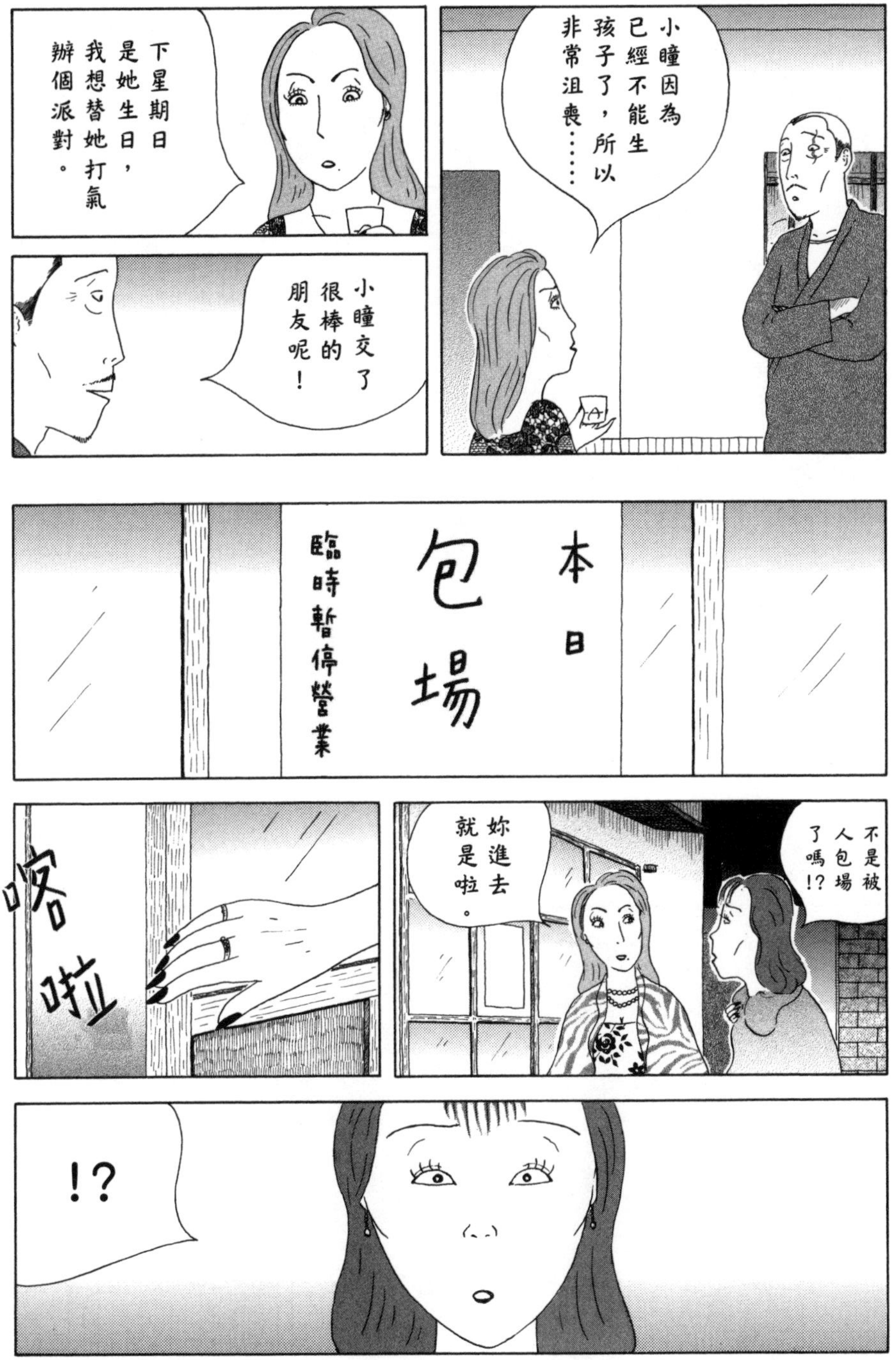

小瞳因為已經不能生孩子了，所以非常沮喪……
下星期日是她生日，我想替她打氣辦個派對。
小瞳交了很棒的朋友呢！
本日包場
臨時暫停營業
不是被人包場了嗎!?
妳進去就是啦。
喀啦
!?

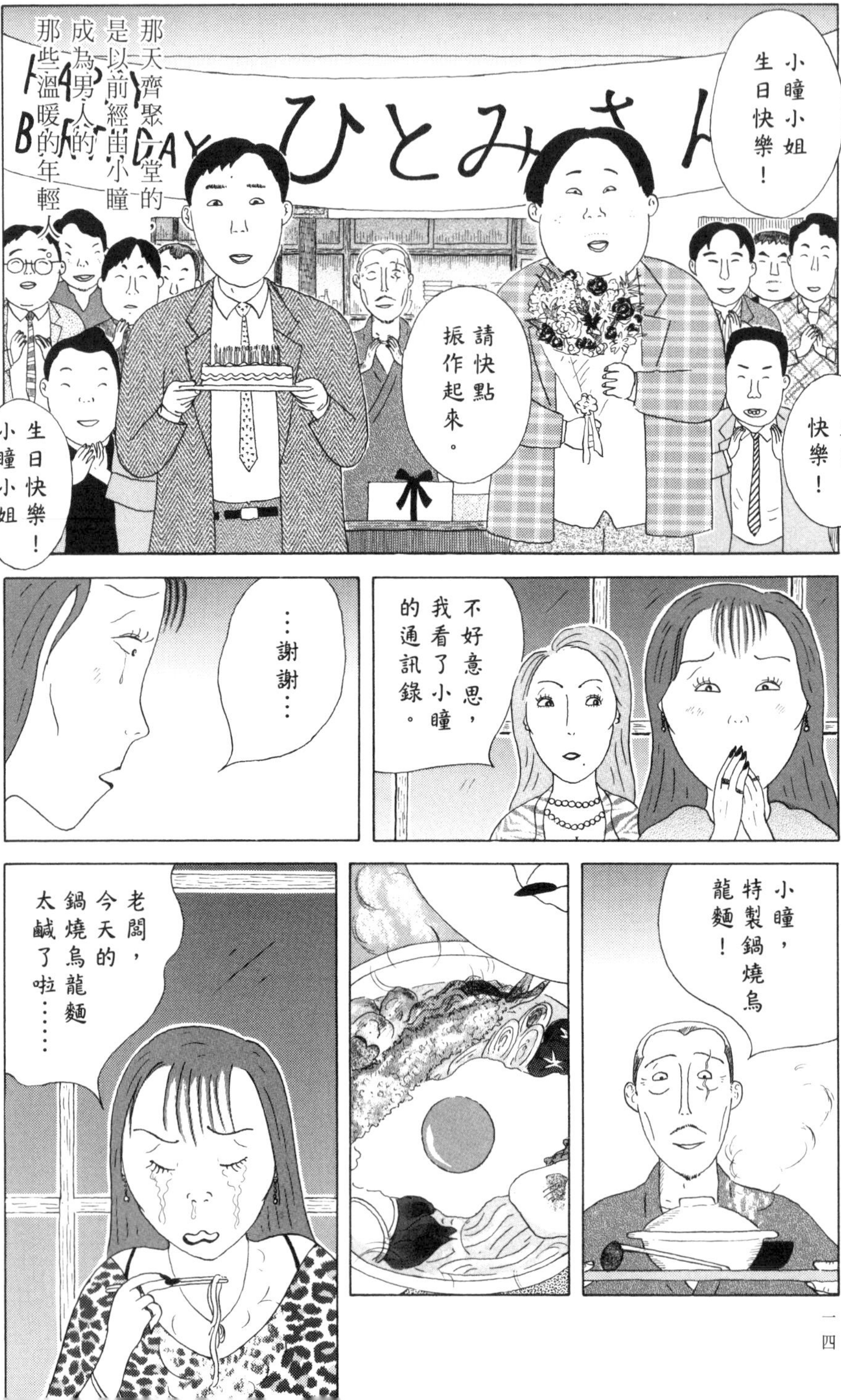
ひとみさん
小瞳小姐生日快樂！
生日快樂！
請快點振作起來。
小瞳小姐生日快樂！
那天齊聚一堂的，是以前經由小瞳成為男人的那些溫暖的年輕人。
不好意思，我看了小瞳的通訊錄。
……謝謝……
小瞳，特製鍋燒烏龍麵！
老闆，今天的鍋燒烏龍麵太鹹了啦……

第31夜◎紅香腸再登場
小壽壽桑一如往常地跟一起坐在吧檯旁的阿龍聊天。
阿龍，我以前就想問你了……
為什麼這麼喜歡紅香腸啊？
!?

……沒有理由，就是喜歡……
……這樣啊。我是不是問了不該問的事情。
沒有，沒什麼……
咚—
老闆知道嗎？加藤將太好像辭了大聯盟要回國了。
這是體育記者永井先生。
加藤是在去年的大聯盟獲得十七勝的投手。

為什麼？
我們不清楚。好像明天會正式公布……
那是真的嗎？
哎!?嗯……是確定的消息。
他好像是臨時決定的。……可能是因為他太太生病的緣故……
……
……
一星期後——
めし
老闆，上次那位大哥，以前是不是打過棒球？

阿龍嗎!?
前天我在打擊練習場看見他，他好厲害……
時速一百三十公里的球都能輕鬆地打出去。
哐噹
第一次聽說……
之前他的小弟阿良要開高中棒球賽的賭盤，阿龍狠狠地教訓了他，說高中棒球不能拿來幹那種事……
……原來是高中棒球健兒啊……
給你！

慰勞品。
謝謝。
嘻
…………
加藤投手投出去了！

飛得好遠！接得到嗎？接得到嗎？
接到了！中外野手劍崎漂亮地飛撲接殺。
中里高中首次進入決賽！明天即將和明車商專爭奪進軍甲子園的資格！
我調查了一下，
加藤將太跟阿龍先生以前是隊友……

那甲子園呢？
沒去成……
因為下雨延期，
決賽前一天出了事，
中里高中退出比賽了。
因為有個隊員
跟當地的不良少年
起了衝突。
歡迎光臨。
驚
老樣子。
那個……
加藤選手
好像決定加
入樂天隊了。
……
這樣啊。
喀啦

歡迎光臨。
加!?……加、加藤
你還是老樣子吃紅香腸啊!
劍崎……去看看久美好嗎？
……久美狀況不好嗎？
身體好些了，但是心裡……她說想跟你道歉……

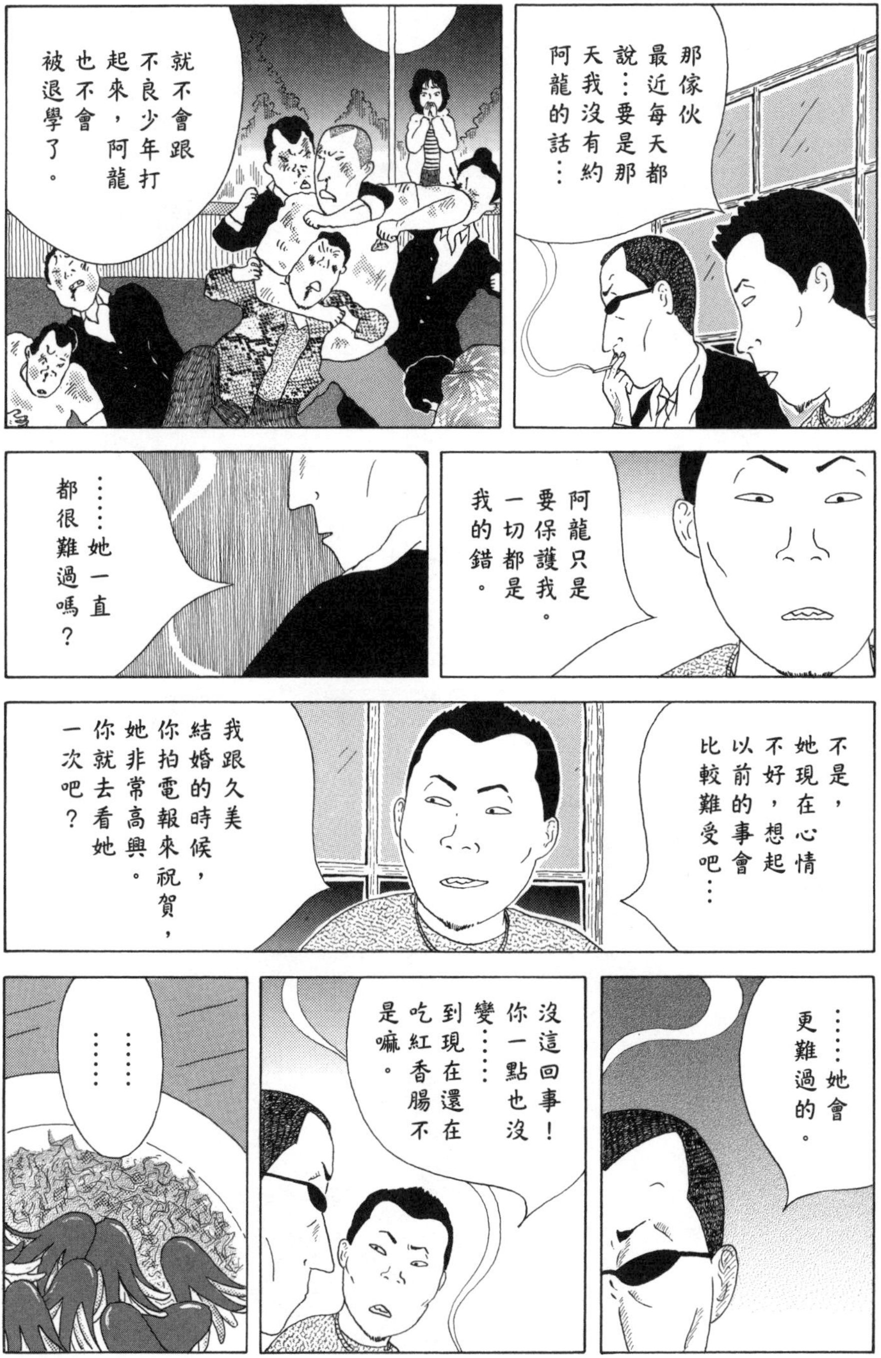
那傢伙最近每天都說…要是那天我沒有約阿龍的話…
就不會跟不良少年打起來，阿龍也不會被退學了。
阿龍只是要保護我。一切都是我的錯。
……她一直都很難過嗎？
不是，她現在心情不好，想起以前的事會比較難受吧…
我跟久美結婚的時候，你拍電報來祝賀，她非常高興。你就去看她一次吧？
……她會更難過的。
沒這回事！你一點也沒變……到現在還在吃紅香腸不是嘛。
…… ……

那個……不好意思打斷你們，兩位都是中里高中棒球社的吧？
是!?啊……
中里高中在春季選拔賽裡被選為二十一世紀模範校了……你們知道嗎？
哎!?
明天報紙就會登出來。恭喜貴母校第一次進入甲子園。
這樣啊，哈哈哈……
太好了劍崎……
太好了，久美一定也很高興……
在那之後——加藤選手的太太身體似乎好了一點，但阿龍好像沒有去看她……
NAKAZAT
KAZATO

第 32 夜 ◎ 水煮蛋

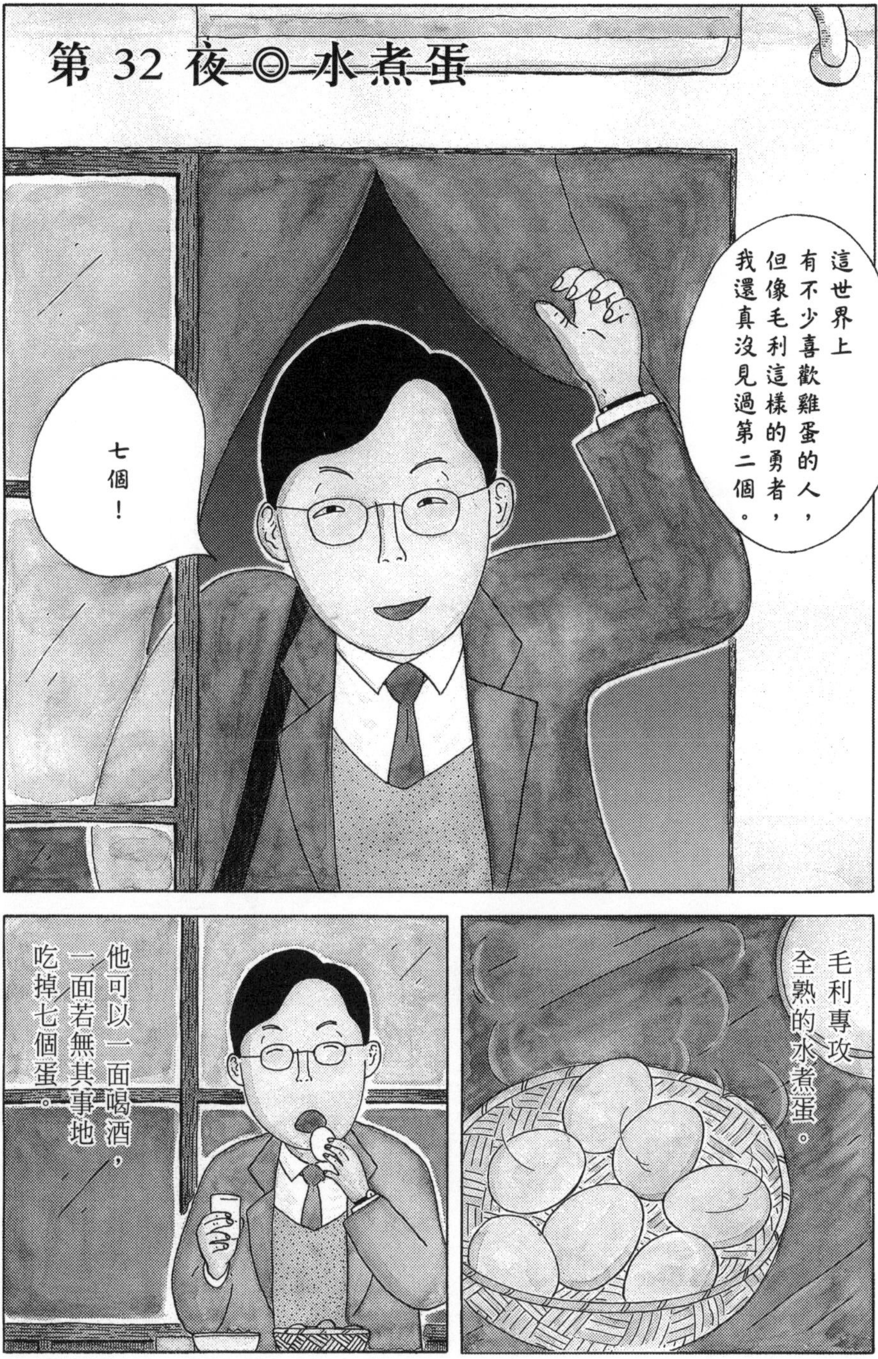
這世界上有不少喜歡雞蛋的人，但像毛利這樣的勇者，我還真沒見過第二個。
七個！
毛利專攻全熟的水煮蛋。
他可以一面喝酒，一面若無其事地吃掉七個蛋。

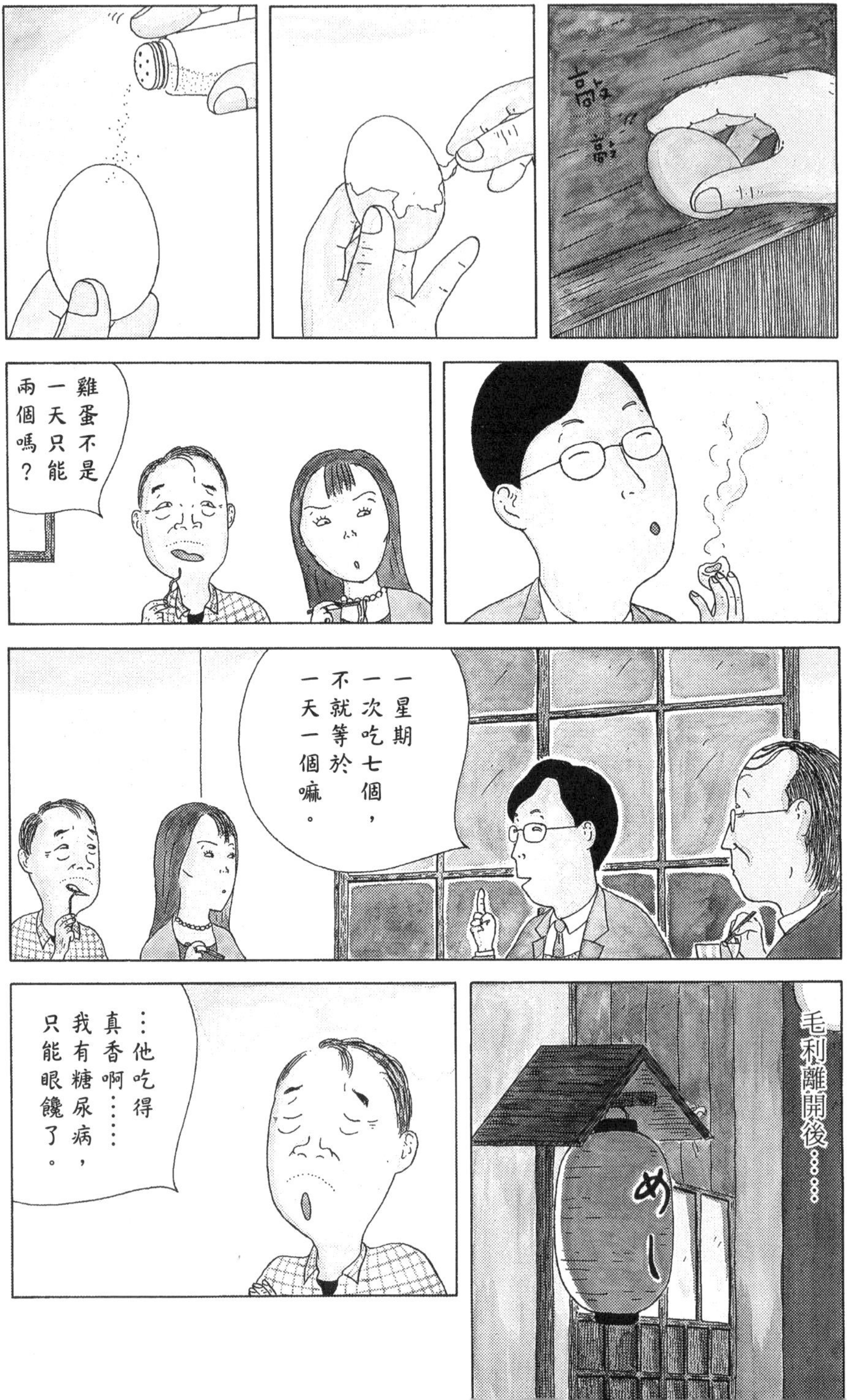

敲敲
雞蛋不是一天只能兩個嗎？
一星期一次吃七個，不就等於一天一個嘛。
毛利離開後……
……他吃得真香啊……我有糖尿病，只能眼饞了。

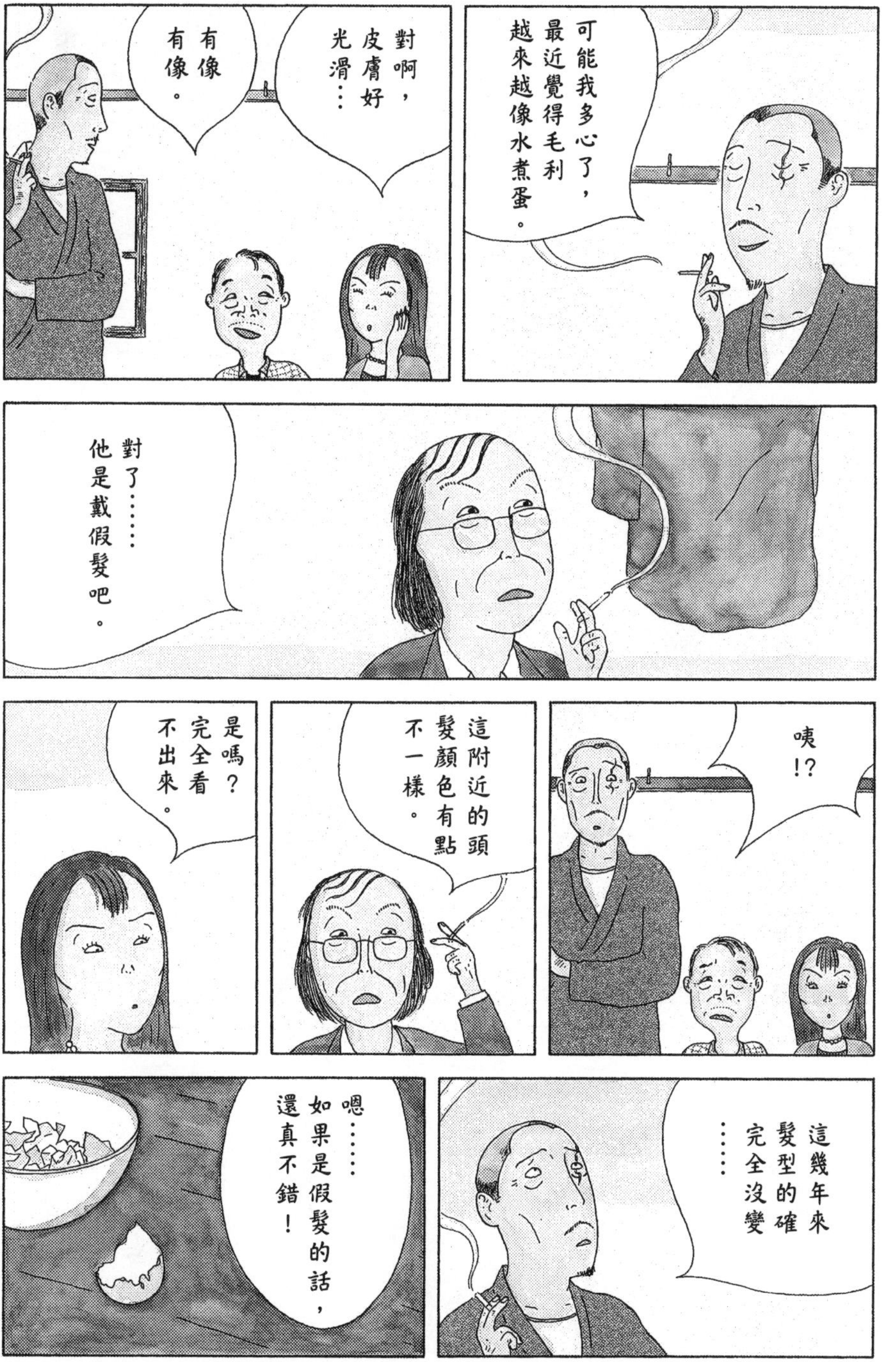
可能我多心了，最近覺得毛利越來越像水煮蛋。
對啊，皮膚好光滑⋯⋯
有像有像。
對了⋯⋯他是戴假髮吧。
咦!?
這附近的頭髮顏色有點不一樣。
是嗎？完全看不出來。
這幾年來髮型的確完全沒變⋯⋯
嗯⋯⋯如果是假髮的話，還真不錯！

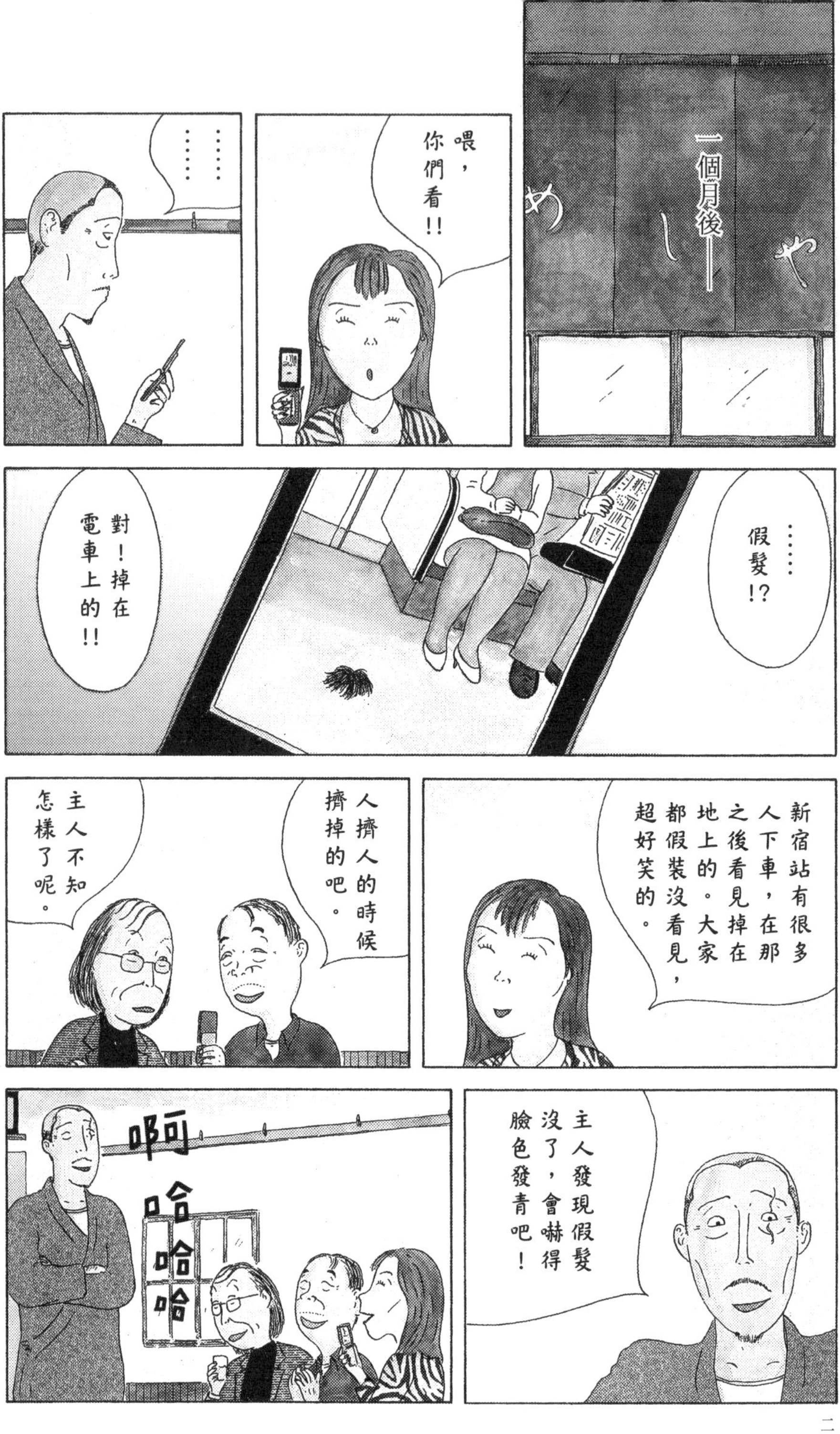
めしや
一個月後——
喂，你們看!!
……
……假髮!?
對！掉在電車上的!!
新宿站有很多人下車，在那之後看見掉在地上的。大家都假裝沒看見，超好笑的。
人擠人的時候擠掉的吧。
主人不知怎樣了呢。
主人發現假髮沒了，會嚇得臉色發青吧！
啊哈哈哈

喀啦
!?
……歡迎光臨。
兩個……半熟的。
怎麼啦？
全熟的吞不下去啊……
毛利吃完一個水煮蛋以後，才終於吞吞吐吐地說出原因。

其實……年底時我去相親了。對方是我配不上的美人……
然後就被甩了嗎!?
沒有……相親很順利。
那不是很好嗎?
但是……我……
戴假髮。
！

我想應該要跟她說實話……
嗯，隱瞞得不好被發現了反而更糟吧。
正是這樣。所以我每天都想今天告訴她、今天告訴她，就這樣一天拖一天……
咚
下次見面的時候說吧。遲早都要說，早點說比較好。
對啊～她也喜歡毛利的話，有沒有頭髮沒關係的啦。
沒錯！男子漢就一鼓作氣！拚了！
既然這樣，乾脆剃光看來更清爽。我是沒資格說別人啦～

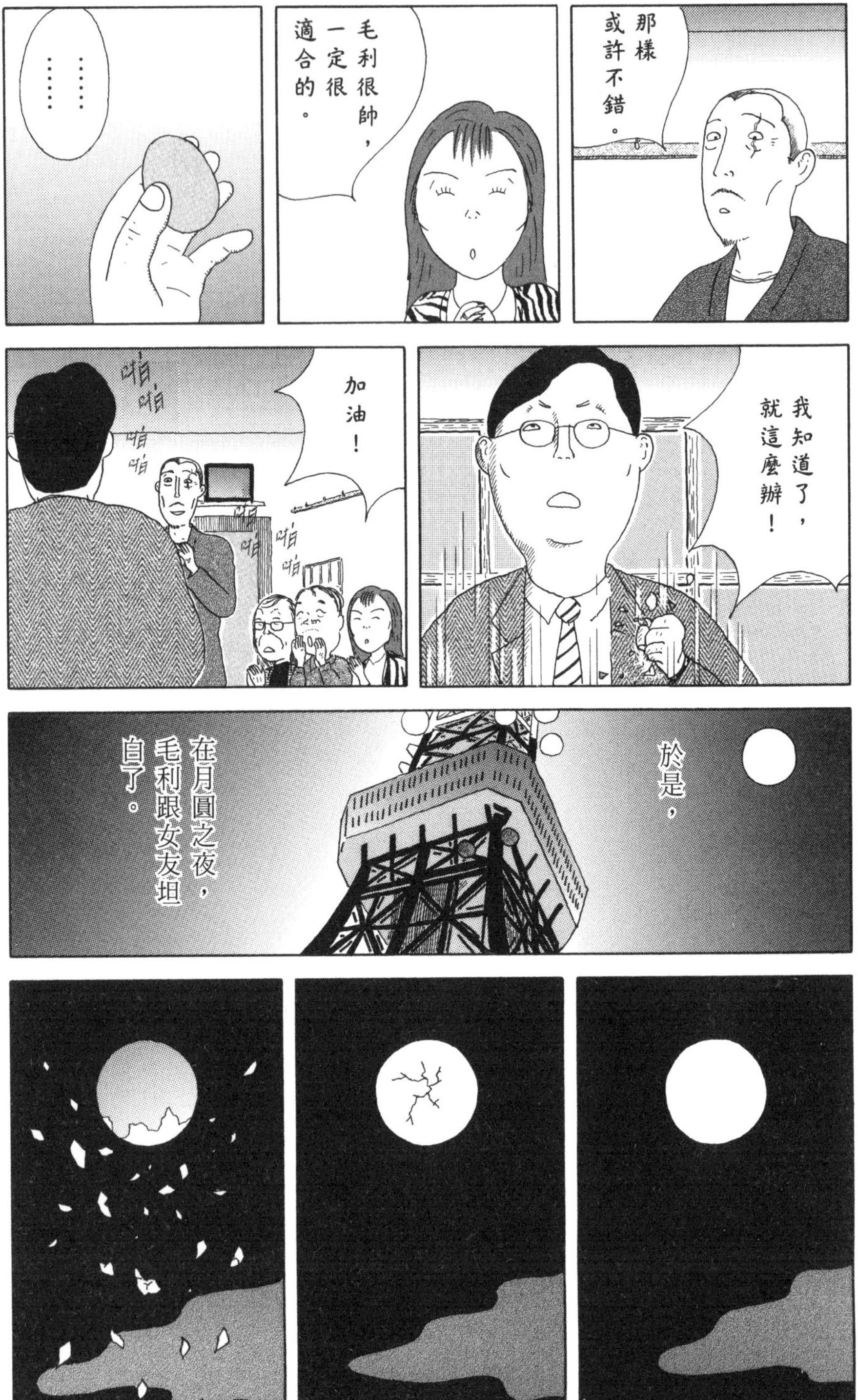
那樣或許不錯。
毛利很帥，一定很適合的。
……
我知道了，就這麼辦！
加油！
啪
啪
啪
啪
啪
啪
啪
啪
於是，
在月圓之夜，毛利跟女友坦白了。

喀啦
如何？
……被甩了。
但是沒關係，這樣反而了無牽掛。憑外表選對象本來就是不對的。
哎…
但是…
我自己也很在乎女性的外表…

當天晚上，毛利吃了兩盒雞蛋洩憤。
之後毛利跟一位雖然不是大美人但氣質很好的同事結婚了。她好像一直暗戀毛利。
就是嘛，人家覺得毛利很受歡迎的。只是他自己沒察覺而已。
真是當局者迷啊。
愛跟髮量是沒關係的。
對了，毛利寄了明信片來，要看嗎？好像去湯布院蜜月旅行了。
要看要看。
這豈不是溫泉蛋嗎～
我們結婚了！雖然還不成熟
噗，討厭啦……

第33夜◎一人一半
來，一人一半。
你們感情總是這麼好。
沒有啦。
福島先生跟熟齡老婆什麼都親熱地一人一半分著吃。

這兩人剛開始來店裡的時候，總是滿臉淤青，我曾經問過一次……
我們都是吵架以後來這裡和好啦。
對吧？阿新。嘻嘻……
我們吃飽了。
め
但是怎麼會成天打得鼻青臉腫啊。
福島先生很有女人緣喔。他常常在外面亂搞，然後就跟老婆大吵。

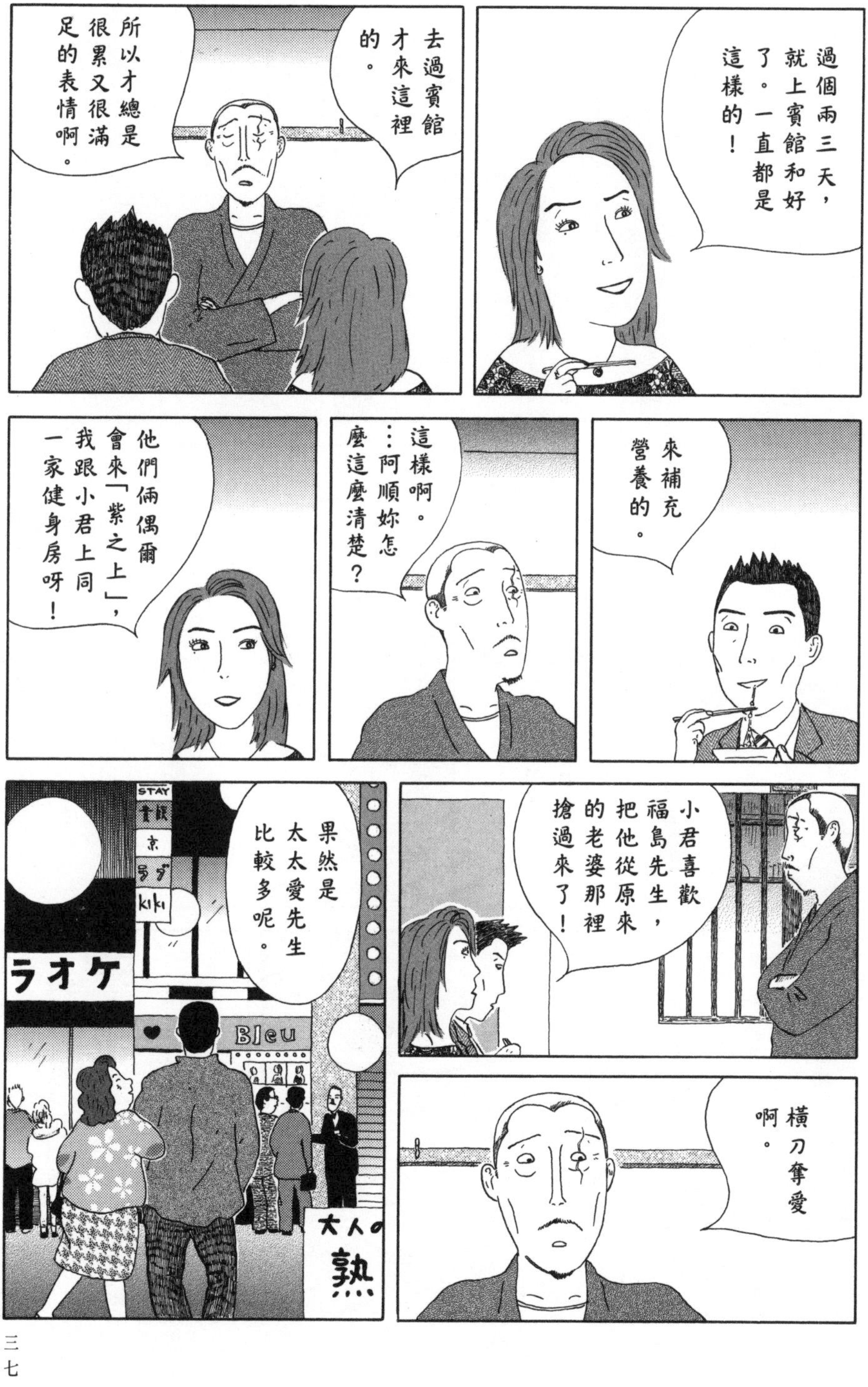
過個兩三天，就上賓館和好了。一直都是這樣的！
去過賓館才來這裡的。
所以才總是很累又很滿足的表情啊。
來補充營養的。
這樣啊。…阿順妳怎麼這麼清楚？
他們倆偶爾會來「紫之上」，我跟小君上同一家健身房呀！
小君喜歡福島先生，把他從原來的老婆那裡搶過來了！
橫刀奪愛啊。
果然是太太愛先生比較多呢。
STAY
京
KIKI
ラオケ
Bleu
大人の
熟

過了一陣子——
めしや
韭菜炒豬肝、炸雞、玉子燒1。
!?
今天好像比以往激烈呢。
對啊，吵得越厲害，和好就越甜蜜啦。
咚—
來，一人一半。

1.日式煎蛋捲。

感情真好，真教人羨慕。
哎喲，阿順跟男朋友還不是……
最近他有點怪怪的……
阿順，悶不吭聲可不行喔，一定要好好問他。打是情罵是愛！
打得越痛愛得越深。
對吧，阿新！
從那時起他們常到店裡來。
也就是說，他們常常打是情罵是愛…

一星期後
兩星期後
三星期後
一個月後
NG
老闆，你知道小君跟人私奔了嗎？
咦!?

的確突然就沒來了。
這次是太太有外遇啊。
小君是那種會一頭栽下去的類型。
那福島先生呢？
這就……
喀啦
！
……
韭菜炒豬肝和啤酒……

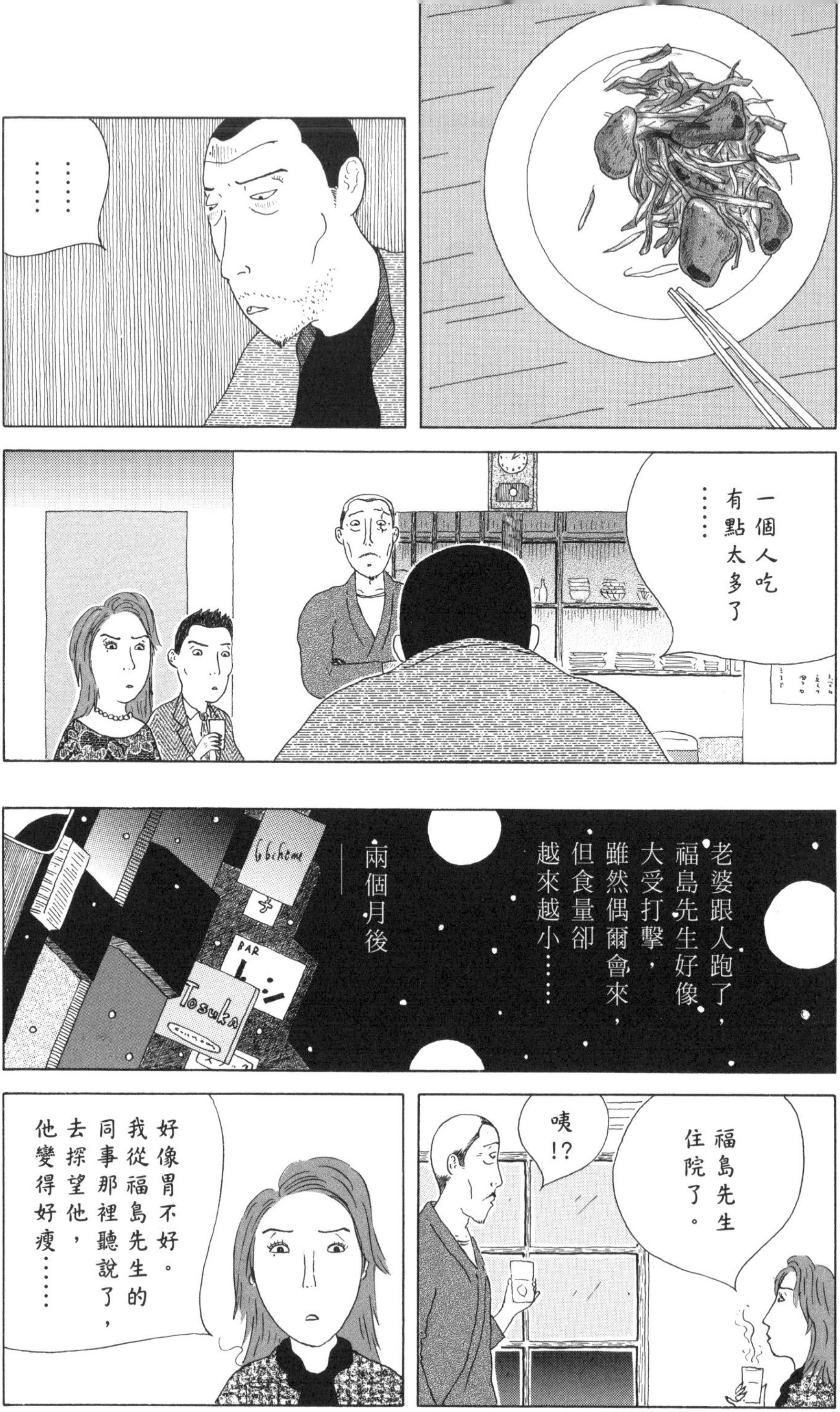
……
一個人吃有點太多了……
老婆跟人跑了，福島先生好像大受打擊，雖然偶爾會來，但食量卻越來越小……
——兩個月後
BAR
福島先生住院了。
咦!?
好像胃不好。我從福島先生的同事那裡聽說了，去探望他，他變得好瘦……

太太呢？
完全沒聯絡……
喂？
阿順？是我，君子。妳好嗎？
那個人最近如何？
哎!?
妳在幹什麼啊？快點回來照顧他啊！

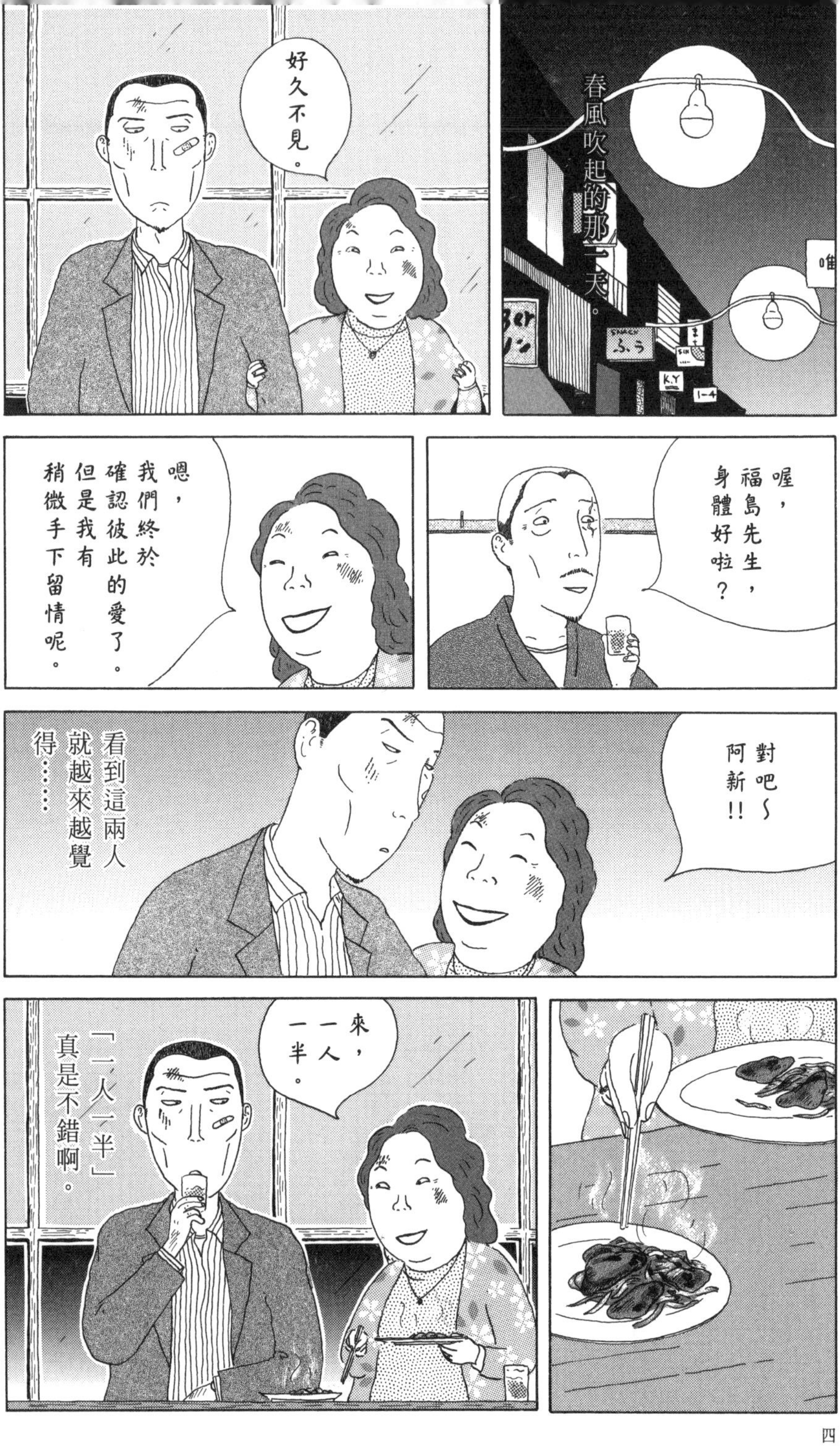
春風吹起的那一天。
好久不見。
喔，福島先生，身體好啦？
嗯，我們終於確認彼此的愛了。但是我有稍微手下留情呢。
對吧～阿新!!
看到這兩人就越來越覺得……
來，一人一半。
「一人一半」真是不錯啊。

第34夜 ◎ 奶油飯
大家都知道，我的店是跟幾顆星完全沒關係的深夜小店。
めしや
めし
村田明知如此，還帶了我最討厭的料理評論家來。
請進。
喔，氣氛不錯啊。

銀座那家？那裡不行啦。醬汁炸牡蠣說是招牌菜，但是醬汁沒有深度。
這樣啊。
你喜歡魚子醬嗎？
談不上喜不喜歡……
下次帶你去我熟的高級餐廳，讓你嚐嚐「俄式煎餅」。
你可要請我喝最高級的香檳喔～哈哈哈。

就在其他客人開始不爽，
店裡氣氛變壞的時候——
嗨。
五郎先生來了。
歡迎光臨。
大家好！
五郎先生是現在已經瀕臨絕種的新宿那卡西。
來，奶油飯跟小碗豬肉味噌湯。
謝啦。
啪嗒

然後淋上一點醬油，輕輕攪拌──
五郎先生的吃法是等三十秒，讓奶油融化。
!
我們也要奶油飯！

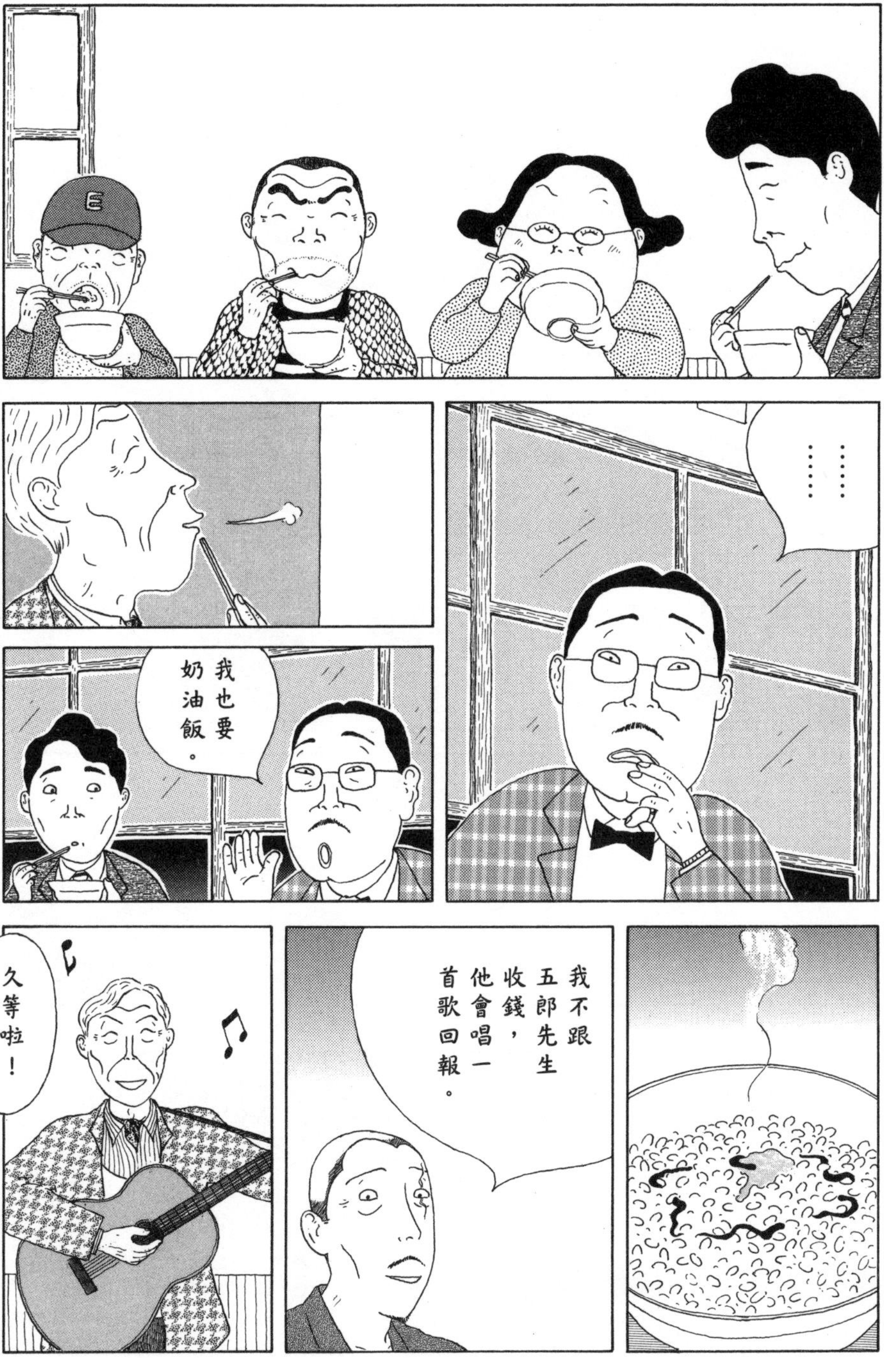
……
我也要奶油飯。
我不跟五郎先生收錢，他會唱一首歌回報。
久等啦！

遠道而來
往函館去~~
乘船越過
洶湧波濤~~
他總是唱「函館的女人」！
一面說著
不要追來
妳哭泣的背影
每次憶起
都想見妳
真~~是
難以忍耐啊~~
次日——
老闆，昨天我帶那個料理評論家戶山正夫來，讓你不高興了吧？

還好啦。
但是奶油飯好好吃喔！
是吧!?以前是他教我的，真的很好吃。
喀啦
！
奶油飯。
奶油飯在家也可以吃吧？

我太太是在國外長大的，我家只有麵包可吃。
……對了，那卡西大叔今晚會來嗎？
五郎先生嗎？他只有每星期四來。
唱那卡西能過活嗎？
不能吧……他白天好像在哪個工廠上班。
嗯……
在那之後，戸山先生雖然每星期四都來，但五郎先生卻都沒出現。
三個月後他才終於露面……
SNACK
BAR
長久以來承蒙你照顧了，我不唱那卡西啦。

怎麼了？
不能彈吉他了。……左手手指被機器夾到……
……
……
五郎先生，你記得我嗎？
我是律子的弟弟正夫。你教過我彈吉他……
!?
我們常常三人一起吃奶油飯啊。
咚—

我姊曾經要跟爸媽選的對象結婚，但後來卻反悔跑回來了。但那時候五郎先生已經不在函館了……
……
……
之後我姊也經歷了不少事，現在在松風町開一家卡啦ＯＫ小吃店。還單身喔。
五郎先生，真的有「函館的女人」啊。
春天到了——
戸山先生說
五郎先生回到函館，
在他姊姊的店裡幫忙。
奶油飯！
嗯！
還真有這種料理評論家呢……

第35夜◎炸雞
一開始根本沒想到她是在睡覺。
……
……我作夢了……
她睜開眼睛這麼說，才知道她剛才睡著了。

是好夢嗎？
不是。
夢到生日的時候媽媽做了好多炸雞。
我好高興，正要吃的時候，哥哥出現把炸雞全吃了。
妳一塊也沒吃到嗎？
嗯……所以我要點炸雞。
沙
好燙

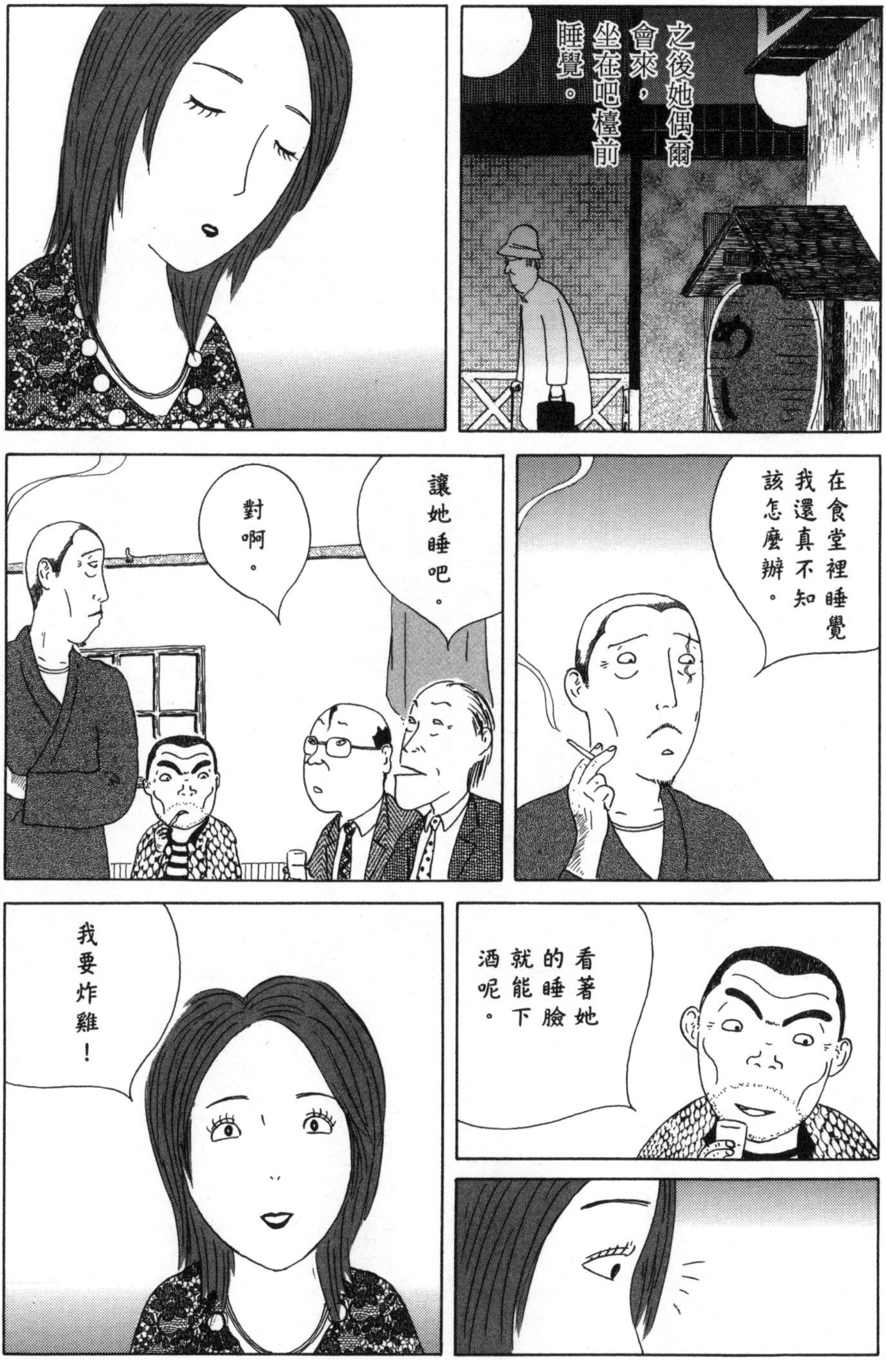
之後她偶爾會來，坐在吧檯前睡覺。
在食堂裡睡覺我還真不知該怎麼辦。
讓她睡吧。
對啊。
看著她的睡臉就能下酒呢。
我要炸雞！

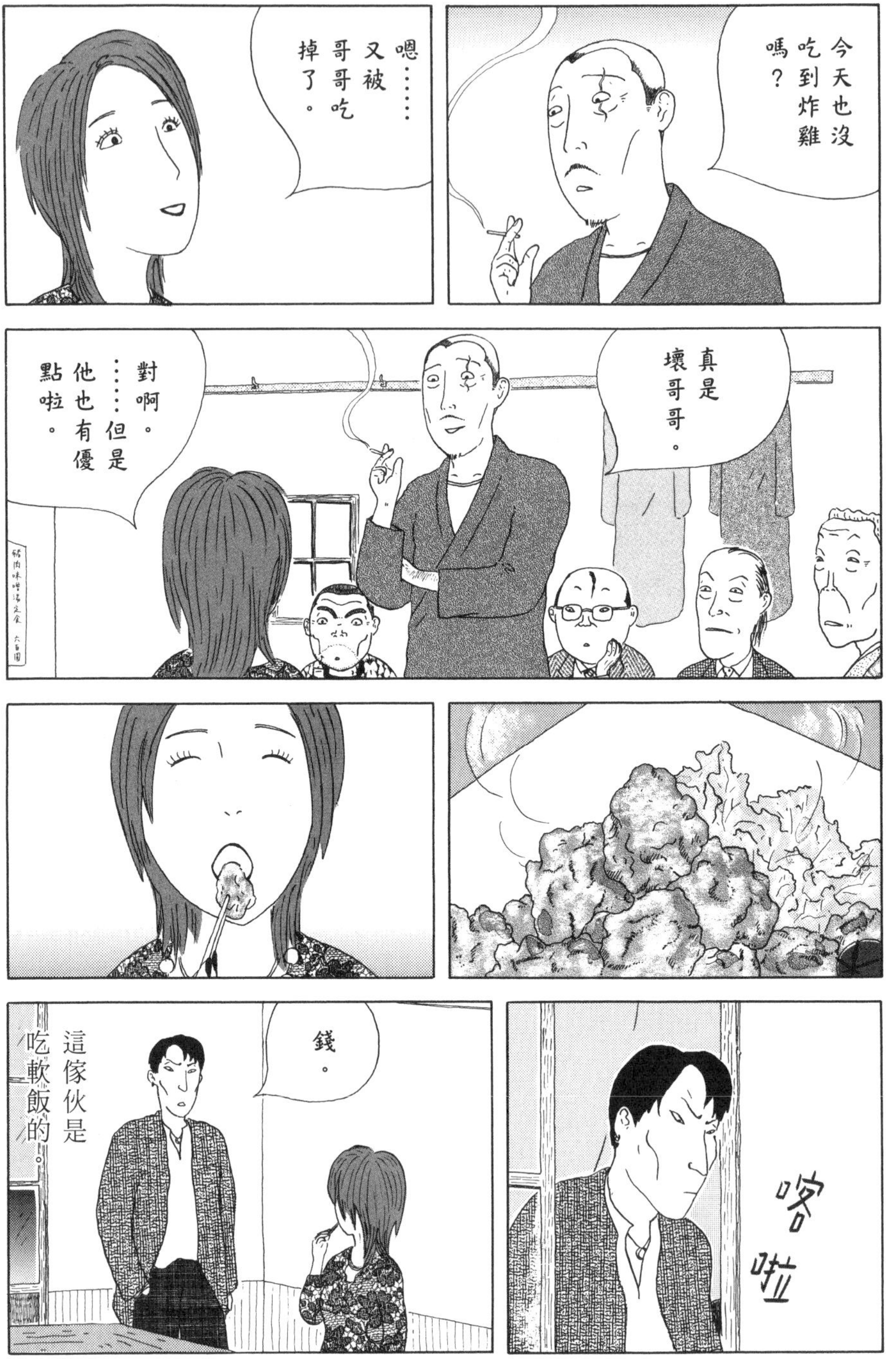
今天也沒吃到炸雞嗎？
嗯……又被哥哥吃掉了。
真是壞哥哥。
對啊。……但是他也有優點啦。
喀啦
錢。
這傢伙是吃軟飯的。

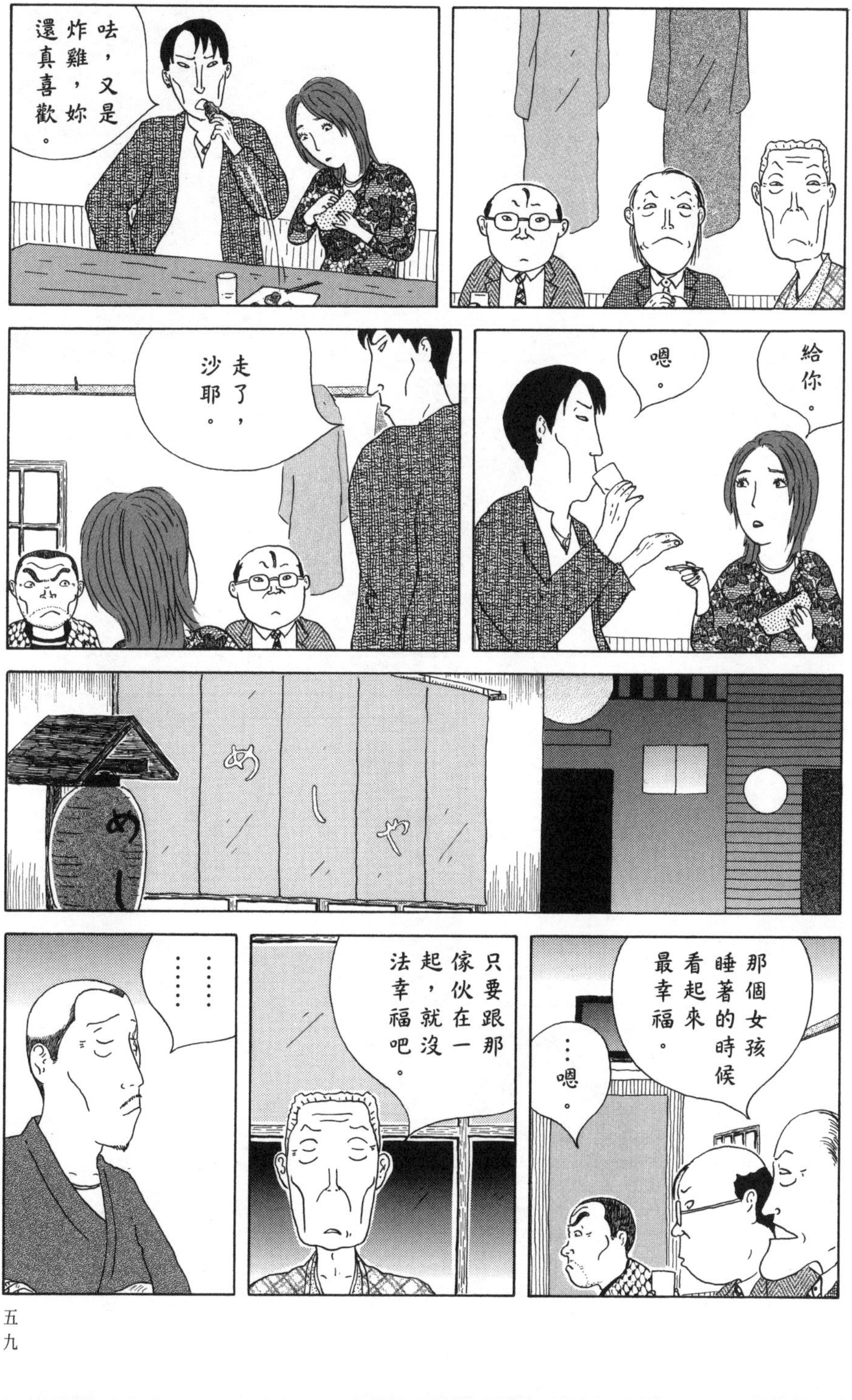

呿，又是炸雞，妳還真喜歡。
給你。
嗯。
走了，沙耶。
めしや
めし
那個女孩睡著的時候看起來最幸福。
……嗯。
只要跟那傢伙在一起，就沒法幸福吧。
……

最近憔悴了。
是啊。
……謝謝。
咚—
咚—
咚—
做了好夢嗎？
……嗯。
要不要炸雞啊？
今天不用了。夢裡哥哥買了好多炸雞給我。

喀啦
哎，那太好了。
住手!!
對、對不起…
搞屁啊只有這麼一點！連妳也看不起老子嗎？

喀啦
沙耶，給我過來!!
!?
沙耶！
……哥哥！
你、你們幹嘛……
出來一下。
……

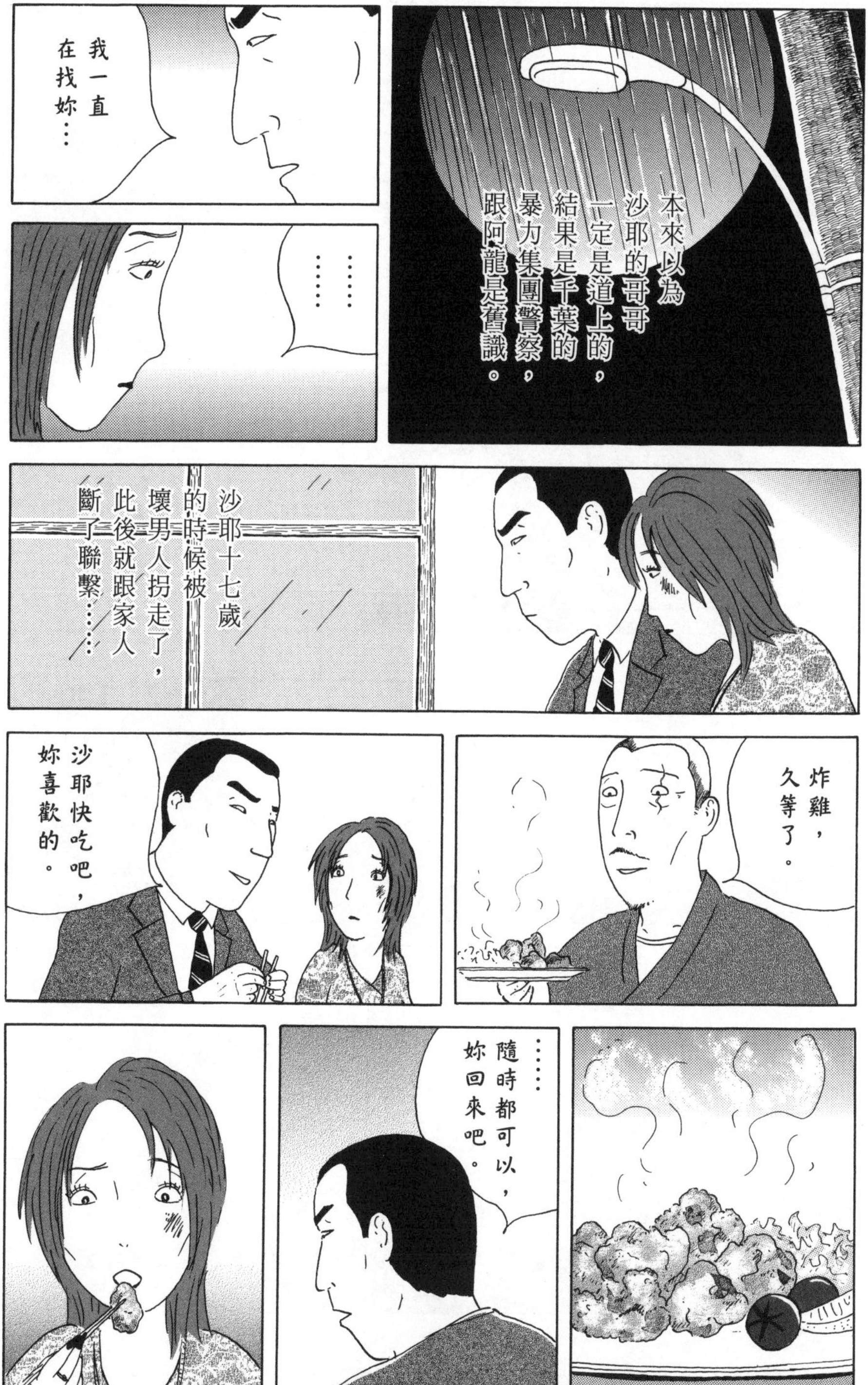
本來以為沙耶的哥哥一定是道上的，結果是千葉的暴力集團警察，跟阿龍是舊識。
我一直在找妳……
……
沙耶十七歲的時候被壞男人拐走了，此後就跟家人斷了聯繫……
炸雞，久等了。
沙耶快吃吧，妳喜歡的。
……隨時都可以，妳回來吧。

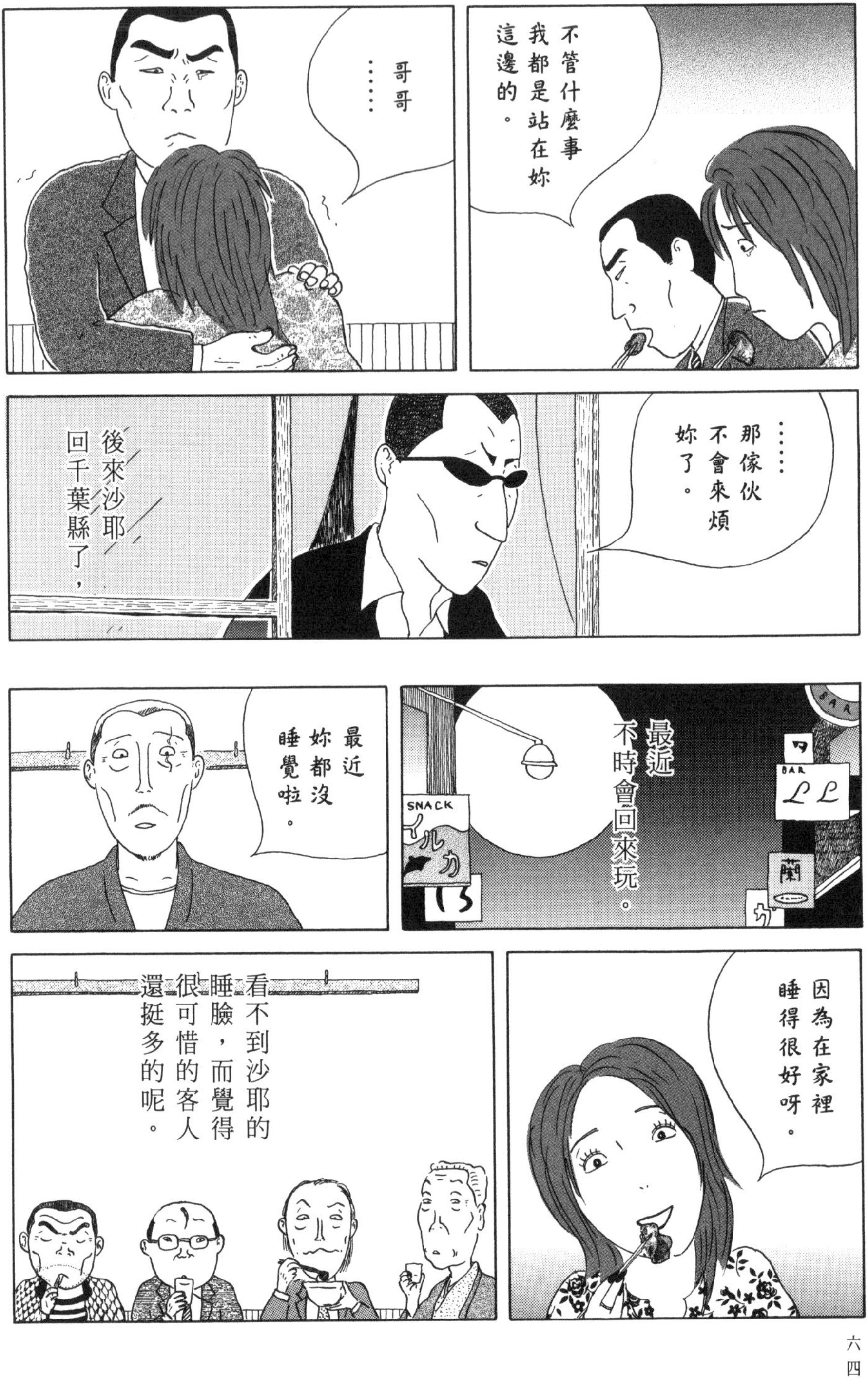
不管什麼事我都是站在妳這邊的。
……哥哥
……那傢伙不會來煩妳了。
後來沙耶回千葉縣了，
最近不時會回來玩。
SNACK
イルカ
BAR
LL
蘭
最近妳都沒睡覺啦。
因為在家裡睡得很好呀。
看不到沙耶的睡臉，而覺得很可惜的客人還挺多的呢。

第36夜◎竹筍
笹原醫生一面吃竹筍一面慢條斯理地說——
我以前是竹之子族呢。
哎!?

高中的時候……
想像不出來呢。
竹之子族成了草根醫生[2]，還挺合適的呢。
大師真厲害。
竹之子族是什麼啊？
河本不知道嗎？
不知道。
……年輕人就不知道了。
竹之子族是…
一九七九年到八〇年代，穿著華麗的衣服在原宿步行者天國跳舞的年輕人團體。

2.『藪（雜草）医者』：庸醫。

有叫做「不戀連」、「一日一善」、「龍虎舞人」等……有名的團體。全盛時期有五十團，大約兩千人在那裡跳舞。
看熱鬧的、來觀摩的人擠得水洩不通。
哎~
你很了啊。
我知道啊。學校旅行上東京的時候去看過。
其實我跟朋友偷偷準備了衣服，但人太多了，沒法一起跳。
真熱鬧啊……那時我是「俠氣亂舞」的正男，很受歡迎的。

「俠氣亂舞」的正男……
你們那是什麼眼神！
我以前很瘦，常被錯認成沖田浩之呢。
竹之子族男女都化妝，穿著一千零一夜那種衣服是不是？
一千零一夜？嗯……是有點像啦。
我媽是竹之子族……
！

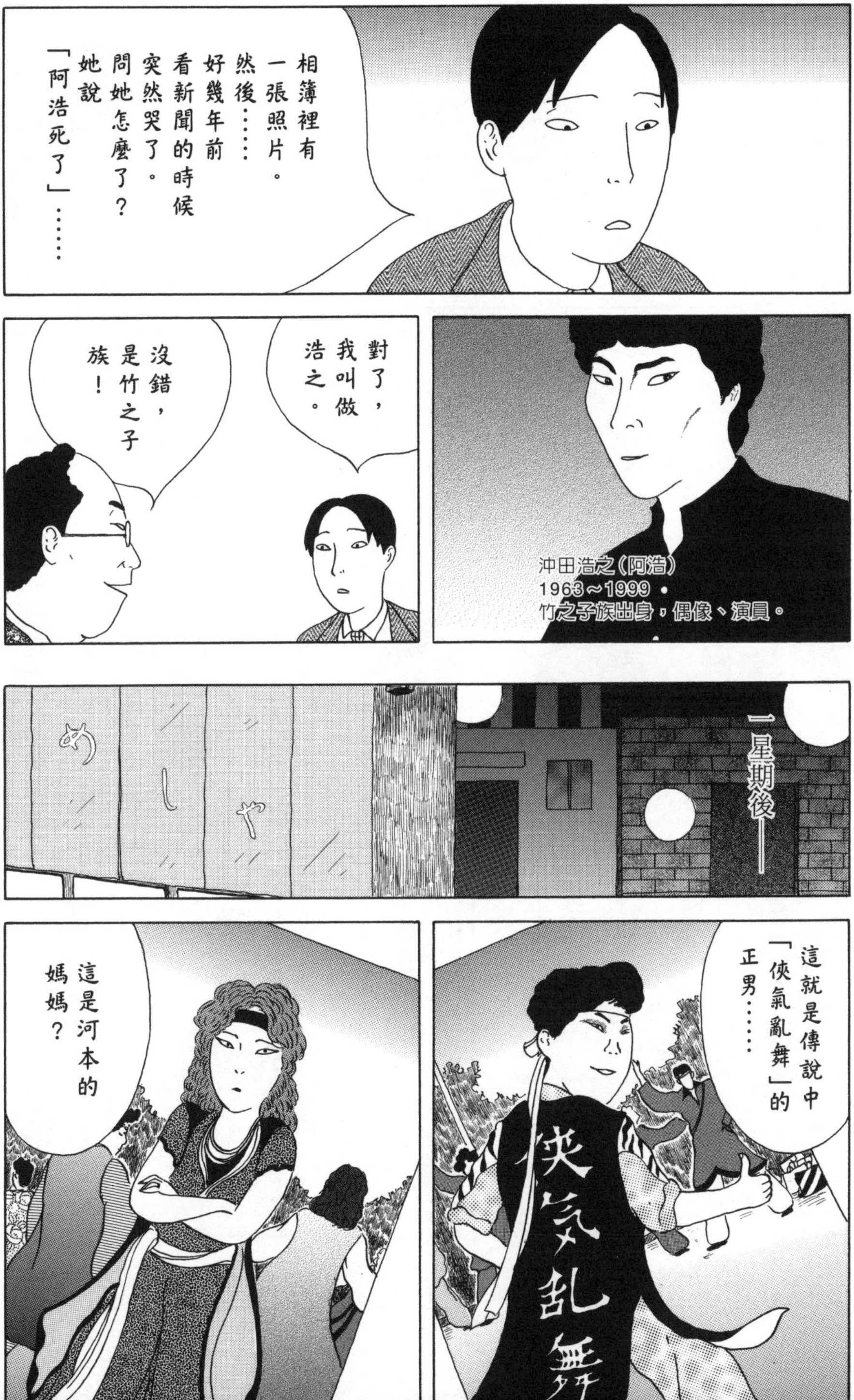
相簿裡有一張照片。
然後……
好幾年前看新聞的時候突然哭了。
問她怎麼了？
她說「阿浩死了」……
沖田浩之（阿浩）
1963～1999。
竹之子族出身，偶像、演員。
對了，我叫做浩之。
沒錯，是竹之子族！
めしや
一星期後——
這就是傳說中「俠氣亂舞」的正男……
侠気乱舞
這是河本的媽媽？

討厭，人家是「呪帝夢」的阿馨啦。
兩位認識嗎？
不認識，人太多了。
「俠氣亂舞」的正男很有名啊。
對了，看這個。
你們看!!
哇！正港的！
那下次來聚會怎樣？
!?

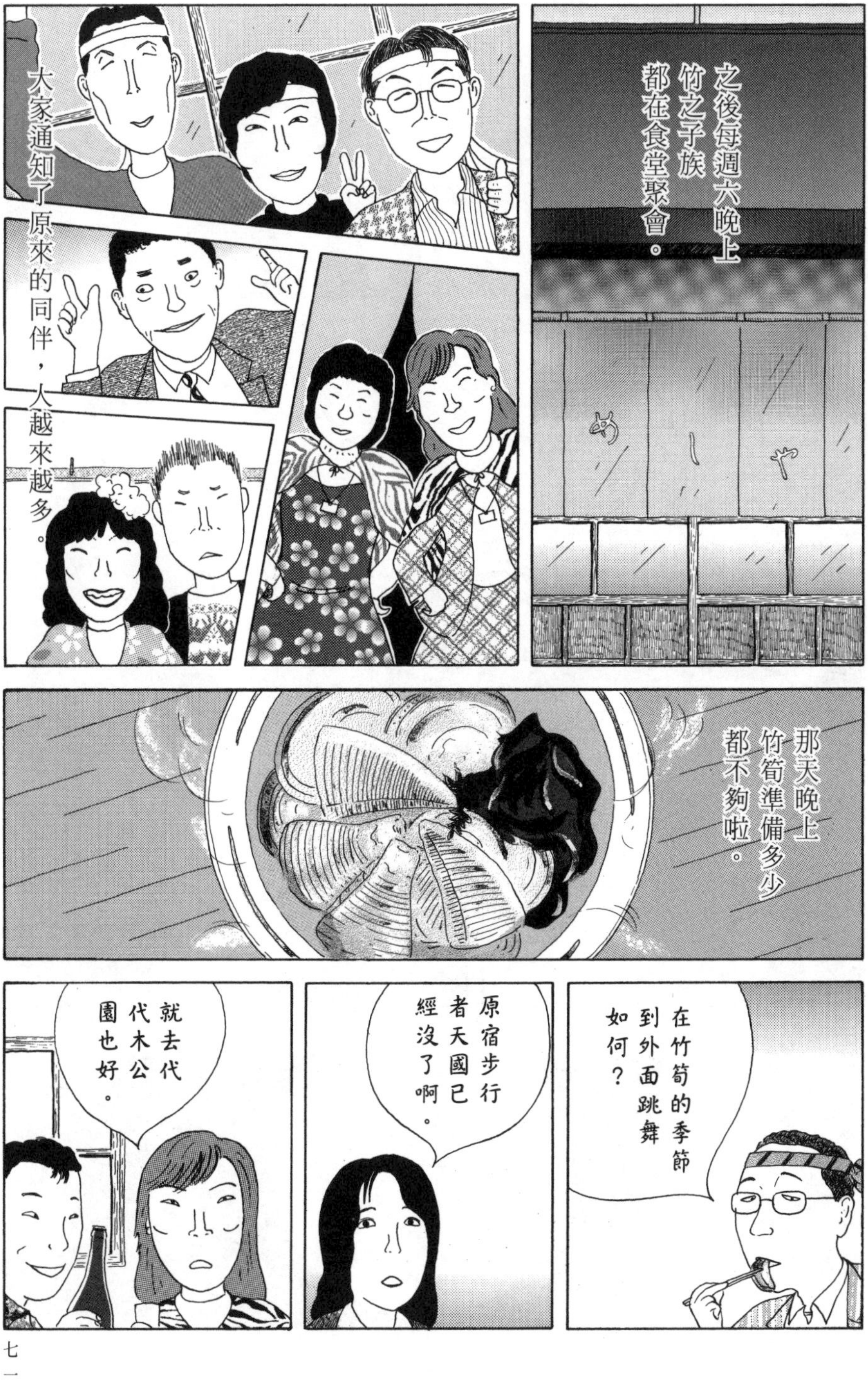
之後每週六晚上
竹之子族
都在食堂聚會。
めしや
大家通知了原來的同伴，人越來越多。
那天晚上
竹筍準備多少
都不夠啦。
在竹筍的季節
到外面跳舞
如何？
原宿步行
者天國已
經沒了啊。
就去代
代木公
園也好。

我參加！
我也是。
瞇免。
贊成。
附議。
好，決定了!!
沒有異議！
喲!!
於是就決定在黃金週的第二天進行。
變成一件大事啦……
活動前一天（當天深夜）
SNACK
来人
BAR
楽
RAKU
スナック
SUN

今天晚上大家住新宿的旅館，上午搭小巴士去。
讚啊。
都是堀江先生安排的，不愧是旅行社。
阿馨是不是瘦了一點？
看得出來嗎？我特別減肥的。
我們還特訓了呢。
對對、對。
我也是！還遭到女兒的白眼。
我也一樣。
老婆要阻止我，才不管她！
……但是明天好像天氣不好？
對啊，真擔心。

風雨無阻！
我們是竹之子族！
耶!!
為了準備明天的活動
當天晚上
早早散場……
結果天氣很差，
上午下了大雨。
本來以為
雨下這麼大
應該就取消了，
結果看到東京報紙
地方版的小報導。
中年
代代木公園
竹之子族現身
27日當
公園中
活動
竹之
黃金週
結束時——

你們真的去了。
太棒了。
那麼大雨我以為會取消。
雖然有人要取消，但是笹原醫生說，
マサシ
有時候就要瘋狂一下，像當時一樣。
笹原醫生太帥啦。
不愧是「俠氣亂舞」的正男。
對、對。

笹原醫生呢？
發燒在家休息。
啊……
……
……
真是庸醫，自己的病都治不好啊。
沒錯。
哈哈哈
哈哈哈
那天煮的竹筍飯，中年竹之子族的前少年少女吃得乾乾淨淨呢。

清晨5時

第 37 夜 ◎ 魚肉香腸

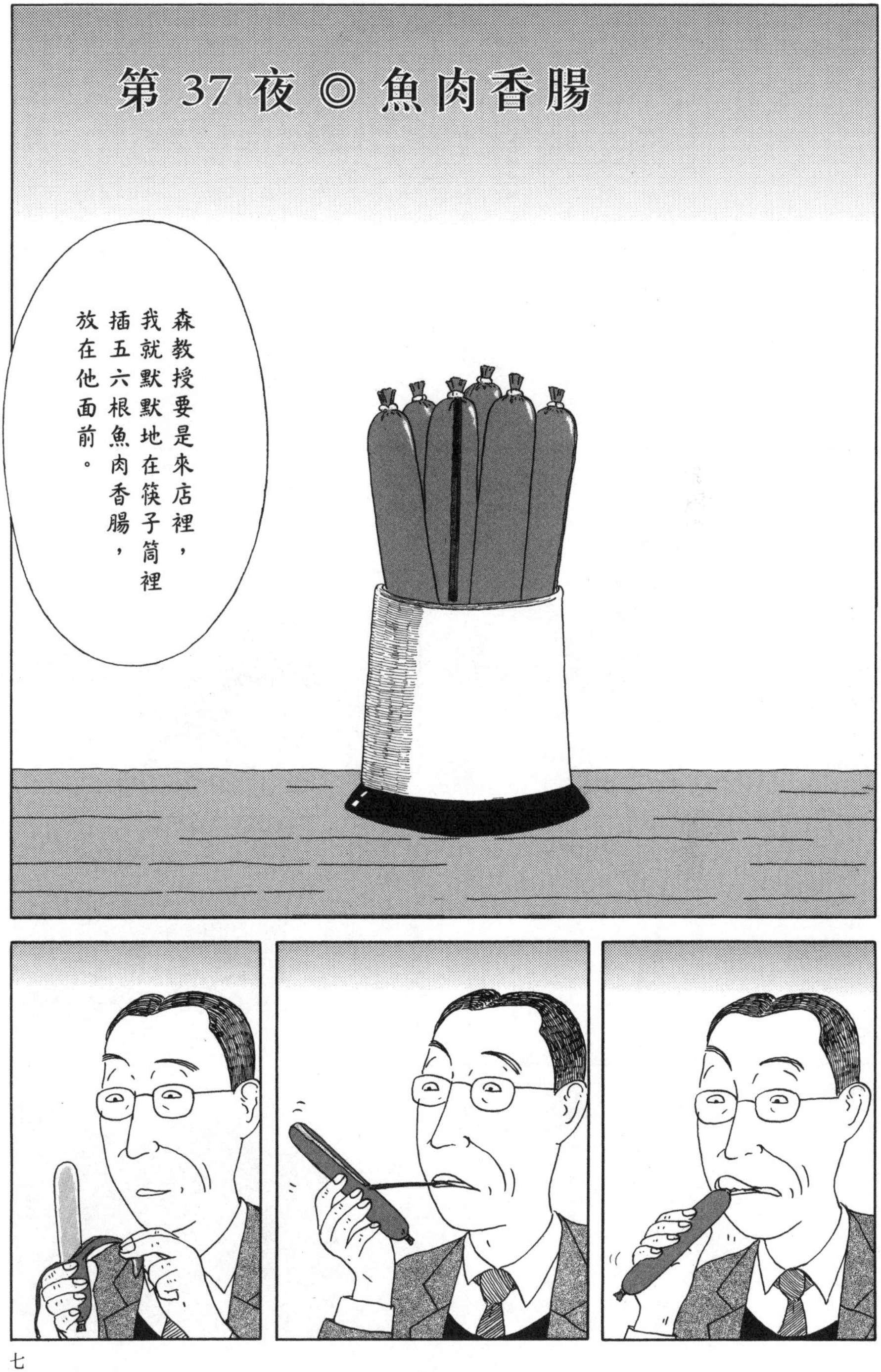
森教授要是來店裡，我就默默地在筷子筒裡插五六根魚肉香腸，放在他面前。

森教授的吃法真是千錘百鍊啊。
從我剛上中學時認識他的時候開始——
這傢伙學生服的胸前口袋插的不是鋼筆，而是魚肉香腸。
當時喝的不是啤酒是汽水啦⋯⋯

我好像又戀愛了……
哎？又戀愛了!?
我偷偷跟你們說，森教授結婚四次離婚四次，真是不屈不撓啊。
這樣說未免太沒禮貌了……我是一見鍾情呢。
那，這次是美人嗎？
嗯……其實不知道。我常去大學旁邊那家咖啡廳，下午她都會經過……
眼睛很漂亮。……但是她可能對花粉過敏吧，總是戴著大口罩……
呼，口罩美人啊。這種其實滿多的。口罩拿下來就變成恐龍啦。

我吃飽了。
謝謝惠顧。路上小心啊。
嗯，再見。
感冒了嗎？
不是，花粉過敏。
！
是妳嗎？
哎!?

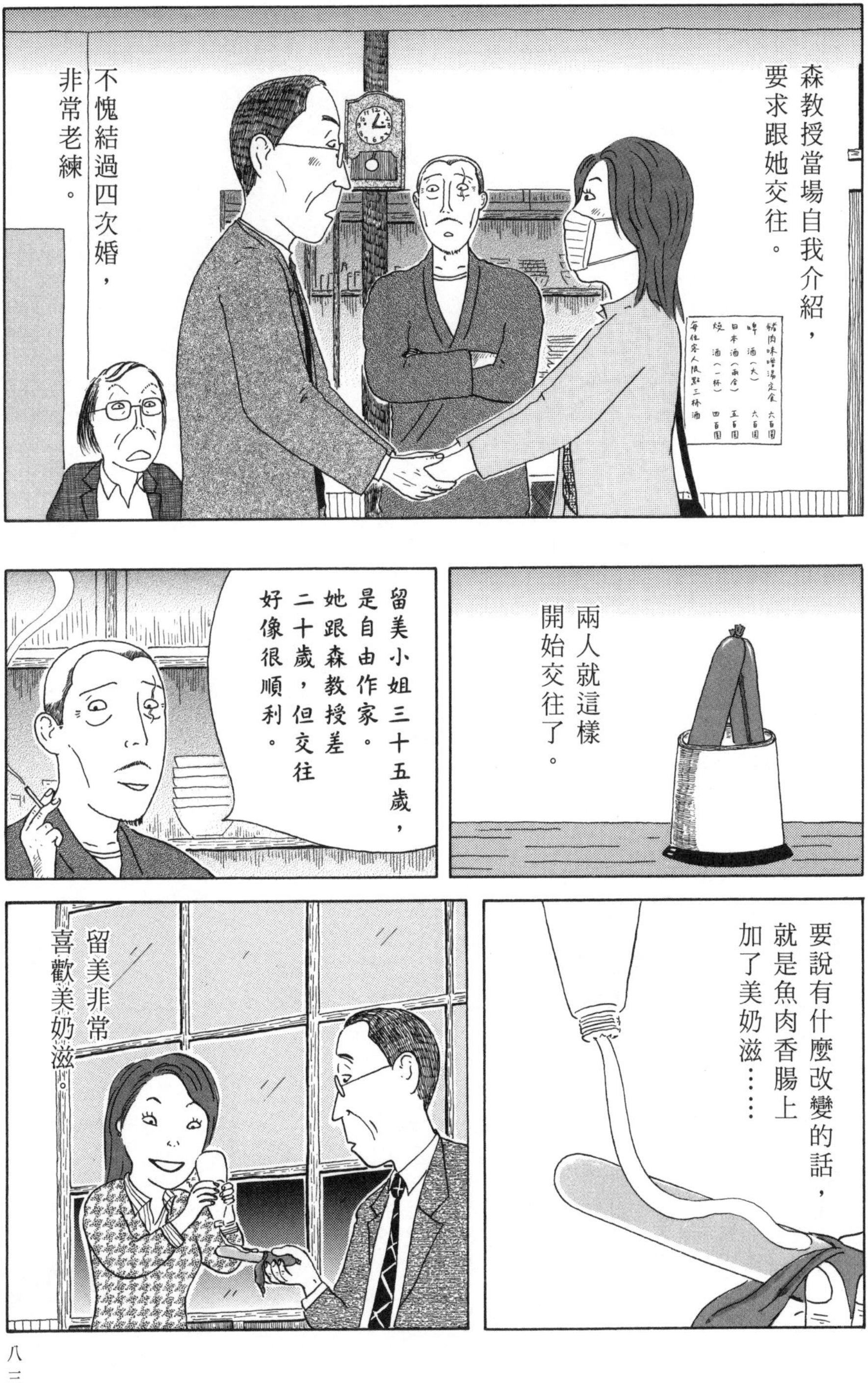
森教授當場自我介紹，
要求跟她交往。
豬肉味噌湯定食 六百圓
啤酒（大） 六百圓
日本酒（兩合） 五百圓
燒酒（一杯） 四百圓
每位客人限點三杯酒
不愧結過四次婚，
非常老練。
兩人就這樣開始交往了。
留美小姐三十五歲，是自由作家。她跟森教授差二十歲，但交往好像很順利。
要說有什麼改變的話，就是魚肉香腸上加了美奶滋……
留美非常喜歡美奶滋。

森教授打算五度踏入禮堂時——
めし
帶了一個德國留學生來。
這是日本引以為傲的魚肉香腸。
味道如何？
……
喀啦

對不起，我遲到了。
啊，來了，來了。
彼得，我介紹一下，這是我的未婚妻，留美小姐。
這是德國來的留學生彼得。
那時候我就想「糟糕了」。
因為──
兩個人都露出
一瞬間
墜入愛河的表情。

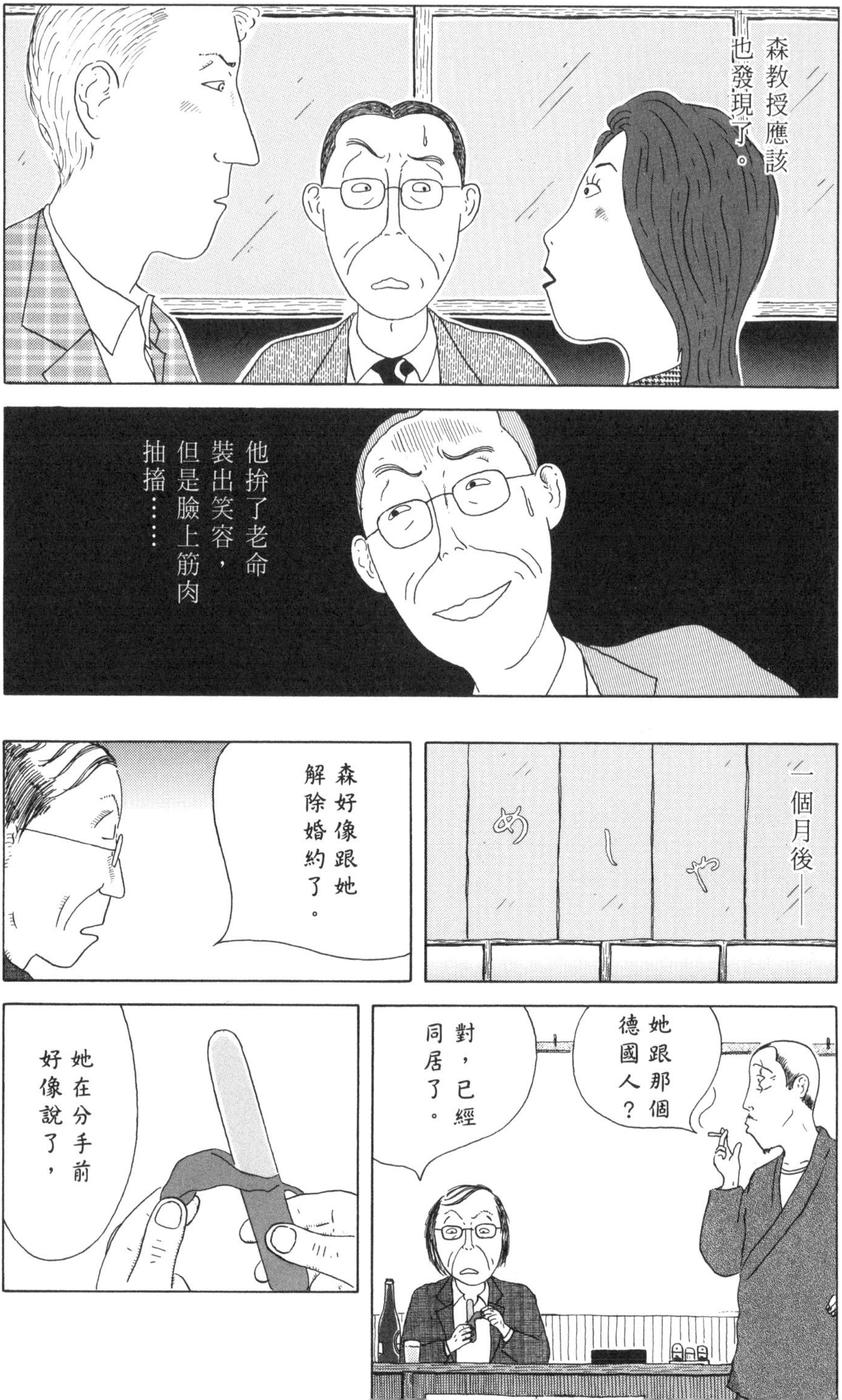
森教授應該
也發現了。
他拚了老命
裝出笑容，
但是臉上筋肉
抽搐……
一個月後——
めしや
森好像跟她
解除婚約了。
她跟那個
德國人？
對，已經
同居了。
她在分手前
好像說了，

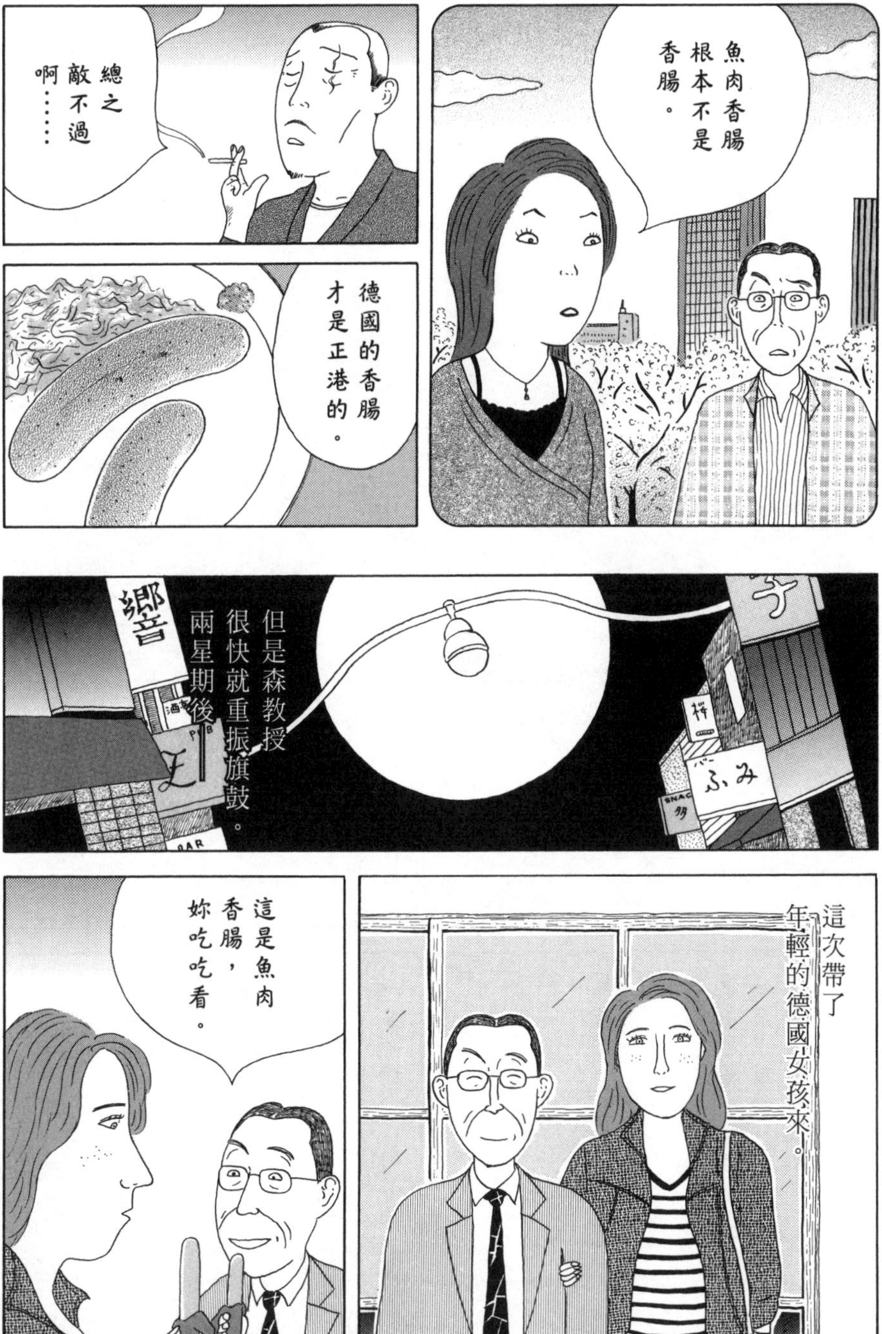
魚肉香腸根本不是香腸。
總之敵不過啊……
德國的香腸才是正港的。
但是森教授很快就重振旗鼓。兩星期後
ふみ
這次帶了年輕的德國女孩來。
這是魚肉香腸，妳吃吃看。

GUT ！
看來她很中意。
於是森教授第五次婚禮在德國舉行了。
當時的照片真是傑作。
大家都一手拿著魚肉香腸，一手拿著啤酒杯暢飲。
真是厲害！
是吧!?
森教授不知道會不會被表揚呢？他是在德國推廣魚肉香腸的日本人呢。

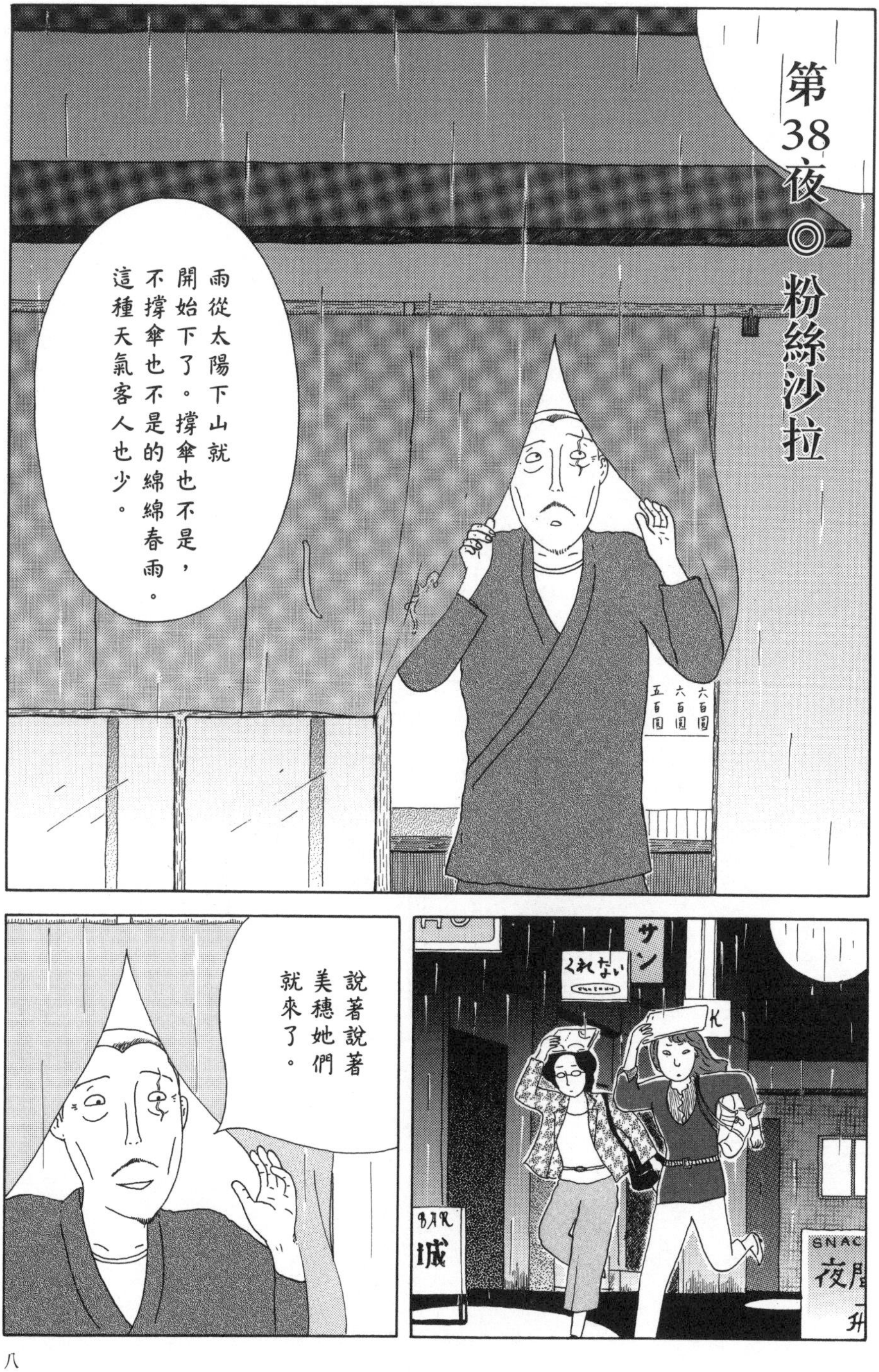
第38夜◎粉絲沙拉
雨從太陽下山就開始下了。撐傘也不是，不撐傘也不是的綿綿春雨。這種天氣客人也少。
六百圓
六百圓
五百圓
サン
くれない
BAR
城
說著說著美穗她們就來了。

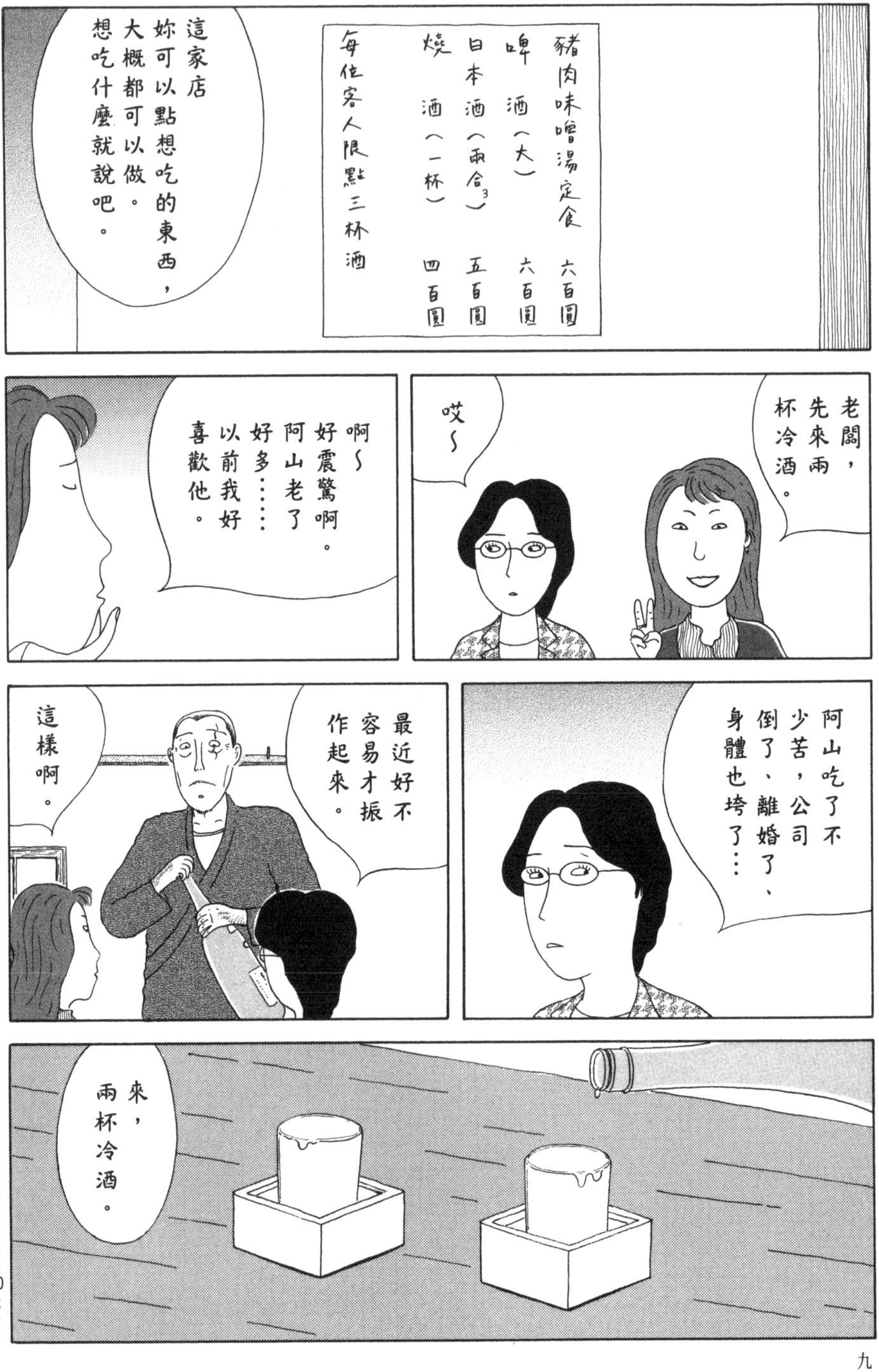
豬肉味噌湯定食 六百圓
啤酒（大） 六百圓
日本酒（兩合[3]） 五百圓
燒酒（一杯） 四百圓
每位客人限點三杯酒
這家店妳可以點想吃的東西，大概都可以做。想吃什麼就說吧。
老闆，先來兩杯冷酒。
哎～
啊～好震驚啊。阿山老了好多……以前我好喜歡他。
阿山吃了不少苦，公司倒了、離婚了、身體也垮了……
最近好不容易才振作起來。
這樣啊。
來，兩杯冷酒。

3.「合」為日本酒單位，一合為180毫升。

老闆，這是我小學同學小松，現在在母校教書。
這樣啊。
你好。
這次連假的時候，要把畢業時埋的時空膠囊挖出來，然後舉行三十年後的同學會。
三十年!?
討厭，暴露年紀了。
有什麼關係，我們剛開完籌備委員會。
妳們倆都好年輕，完全看不出來有四十幾歲。
因為我們都沒結婚吧。
小松，要吃什麼？
粉絲沙拉。
淋了春雨來吃粉絲沙拉啊～[4]

4.粉絲在日文中稱為「春雨」。

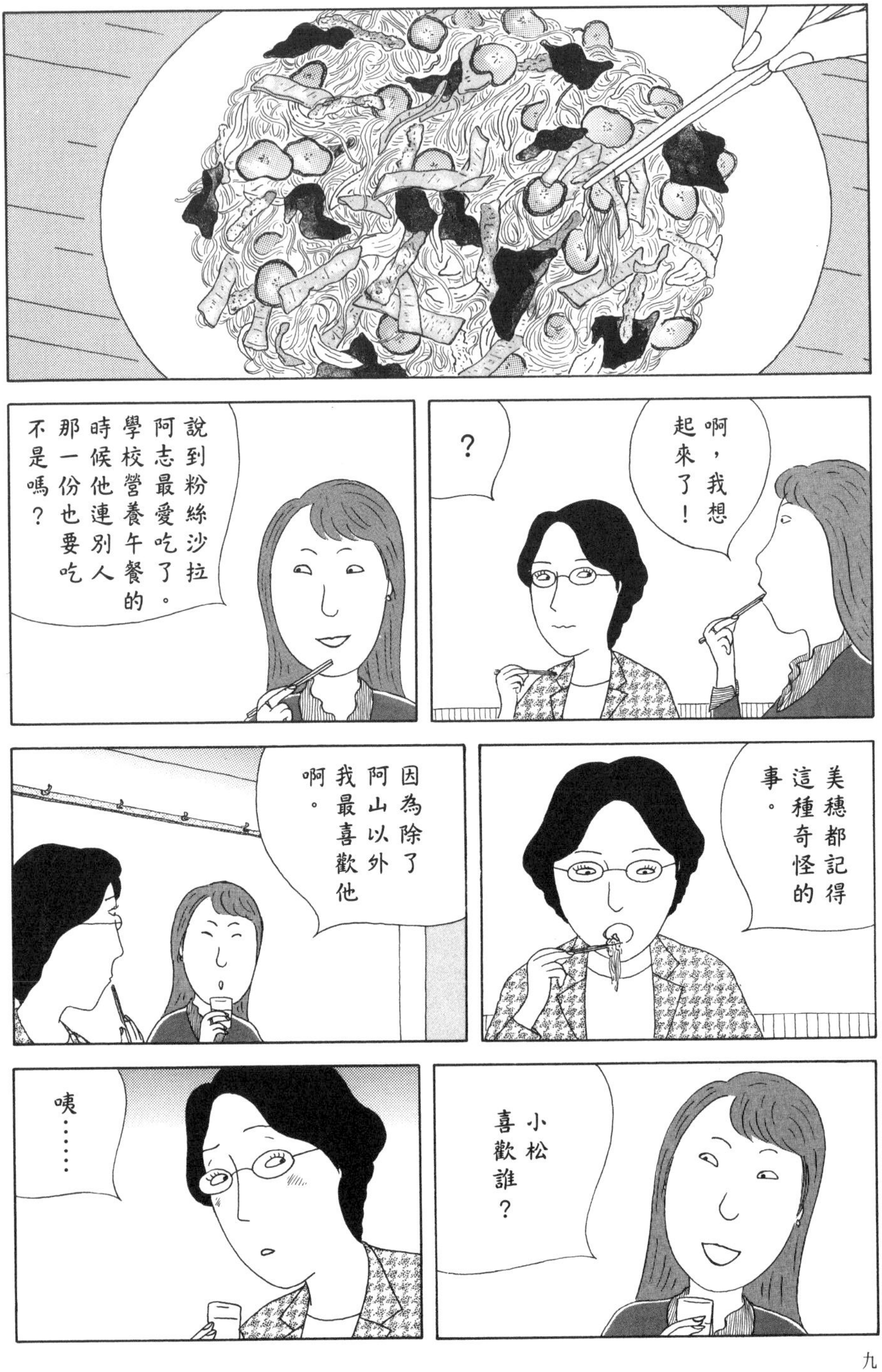
啊，我想起來了！
？
說到粉絲沙拉阿志最愛吃了。學校營養午餐的時候他連別人那一份也要吃不是嗎？
美穗都記得這種奇怪的事。
因為除了阿山以外我最喜歡他啊。
小松喜歡誰？
咦……

……阿志。
哎？原來如此!!阿志很溫柔的。
……其實我討厭粉絲沙拉。
但是因為阿志喜歡，所以我也想學著喜歡，每天都吃的話，或許就會喜歡了……
……
阿志要是能來就好了。
……嗯。

挖出時空膠囊的那天，也下著靜靜的細雨。
幾天後
這就是傳說中的阿志！大份粉絲沙拉。
你好，我是志賀。
久仰了。今天那位小姐呢？
小松前幾天因為盲腸炎住院了。
咦？真可憐……

今天我們倆拿小松埋在時空膠囊裡的信跟音樂盒到醫院去看她。
嗯。
謝謝。
信裡寫什麼？讓我們看啦。
不行，我待會自己偷偷看。
小氣～我們特別拿來給妳的。
小松一點也沒變，嚇了我一跳。
她很可愛吧。純真的孩子不會變的。

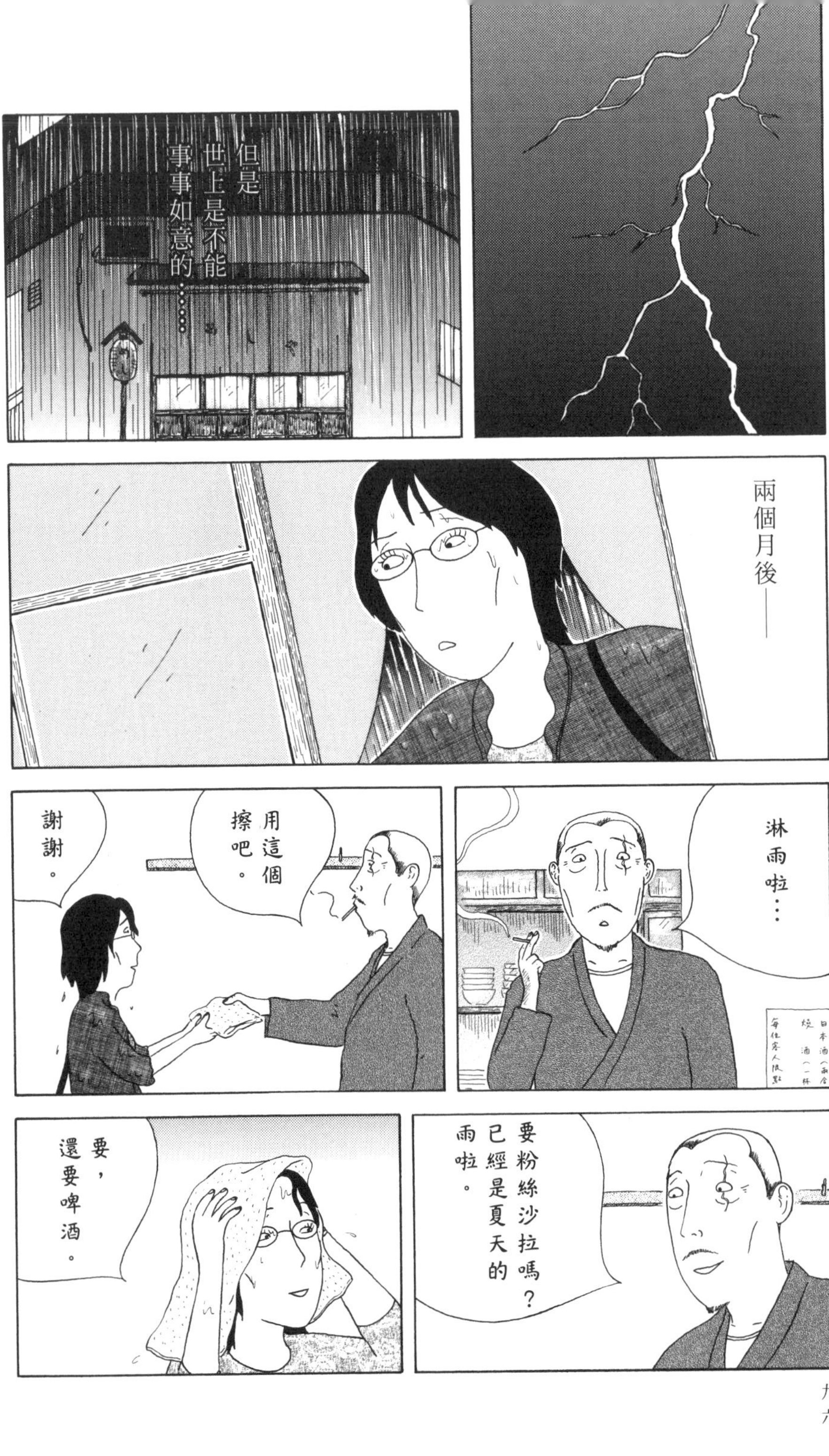
但是世上是不能事事如意的……
兩個月後——
淋雨啦……
用這個擦吧。
謝謝。
要粉絲沙拉嗎？已經是夏天的雨啦。
要，還要啤酒。

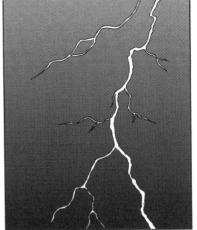

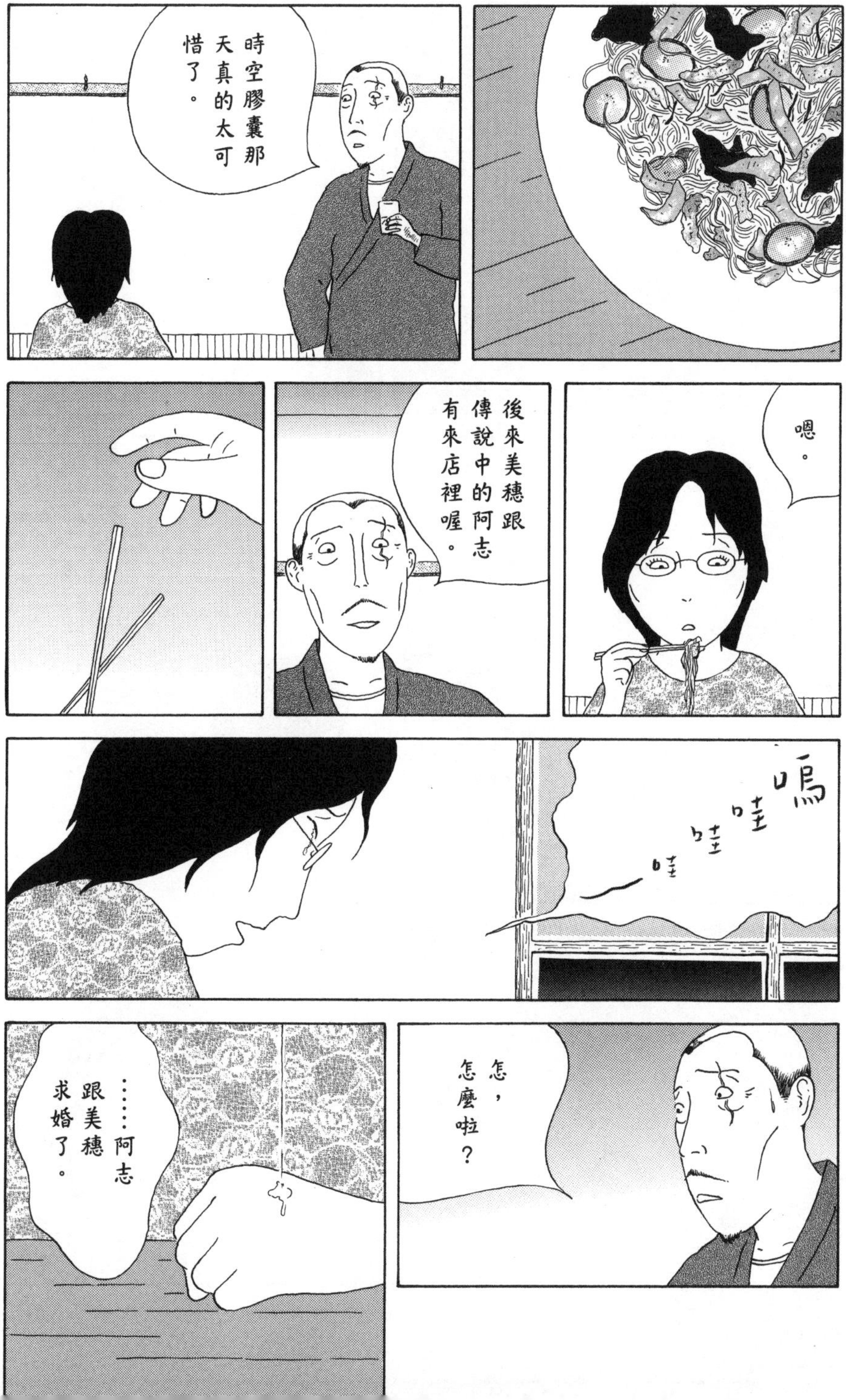
時空膠囊那天真的太可惜了。
後來美穗跟傳說中的阿志有來店裡喔。
嗯。
嗚哇哇哇——
……阿志跟美穗求婚了。
怎，怎麼啦？

店裡沒別的客人，小松一面哭一面跟我說了不少。
美穗獨自去跟她道歉——
阿志好像以前就喜歡美穗——
時空膠囊裡的信寫著，
「跟喜歡的人結婚，做粉絲沙拉給他吃。」
裡面的音樂盒是蕭邦的「離別曲」。
想哭就哭個痛快吧。
今晚的雨或許就是小松的眼淚呢。

第39夜◎酒蒸蛤蜊

我們店裡不接待酒醉的客人，但阿蓮姨是例外。
又喝醉啦。妳兒子會擔心的。
別說教了，我要酒蒸蛤蜊和酒！
真是沒辦法。

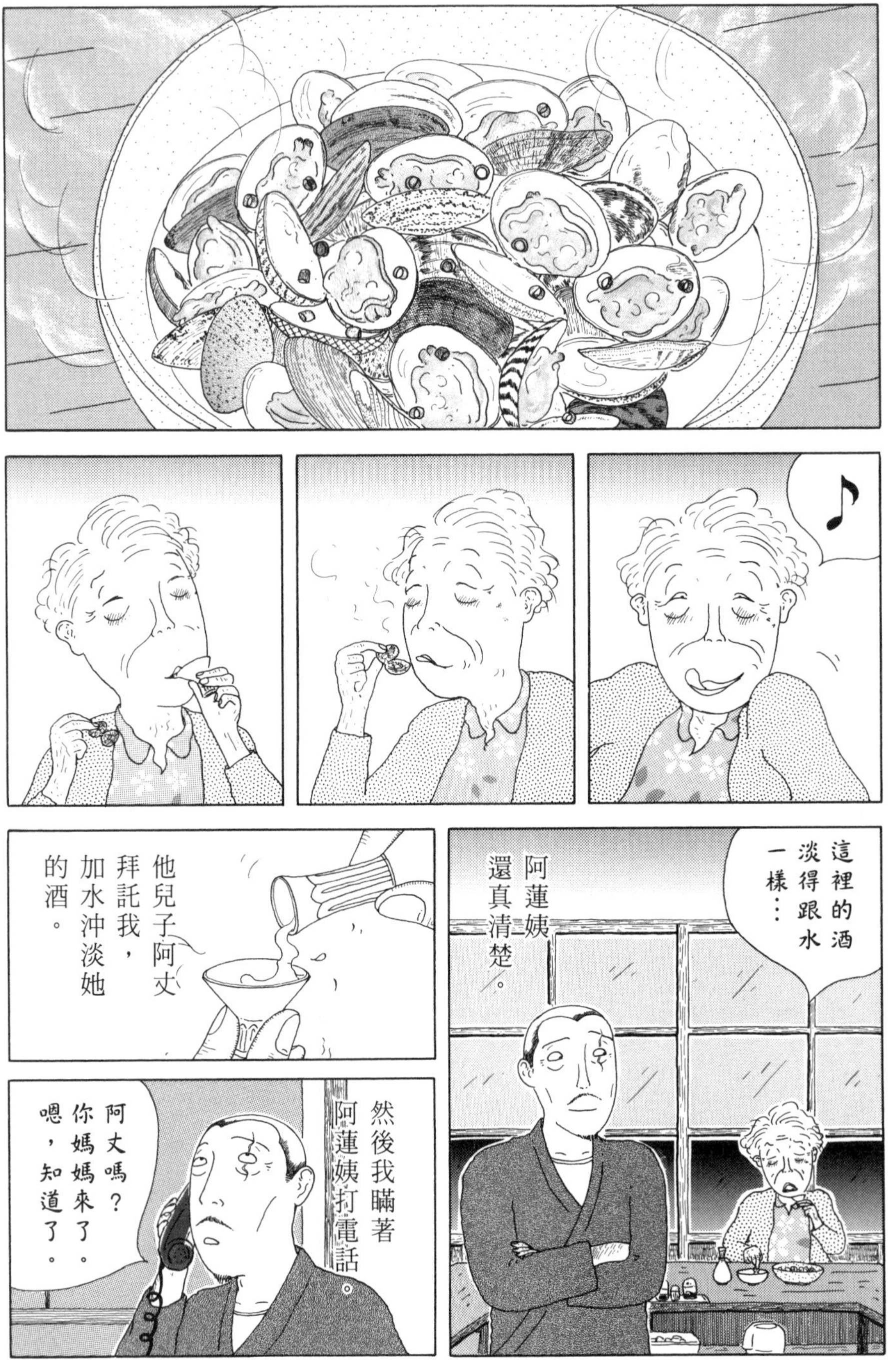
♪
這裡的酒淡得跟水一樣……
阿蓮姨還真清楚。
他兒子阿丈拜託我，加水沖淡她的酒。
然後我瞞著阿蓮姨打電話
阿丈嗎？你媽媽來了。嗯，知道了。

めし
再來一瓶酒……
別喝了。
少囉唆，沒關係的。
喀啦
死老太婆，妳夠了沒!!
笨蛋兒子來了。
你又不會喝酒，根本不瞭解我!!

少囉唆！妳醉得東倒西歪的時候，照顧妳的可是我！
嘿咻。老闆，不好意思啦。
幫我結帳吧。
好。
笨兒子，你在幹嘛？放我下來！
雖然嘴上不饒人，阿蓮姨還是乖乖地被帶回家了。
北北西
那對母子感情是好還是壞呢……
感情好啊。那位媽媽很了不起的。
老闆，你相信嗎？阿丈小時候是被人欺負的弱雞。
咦!?

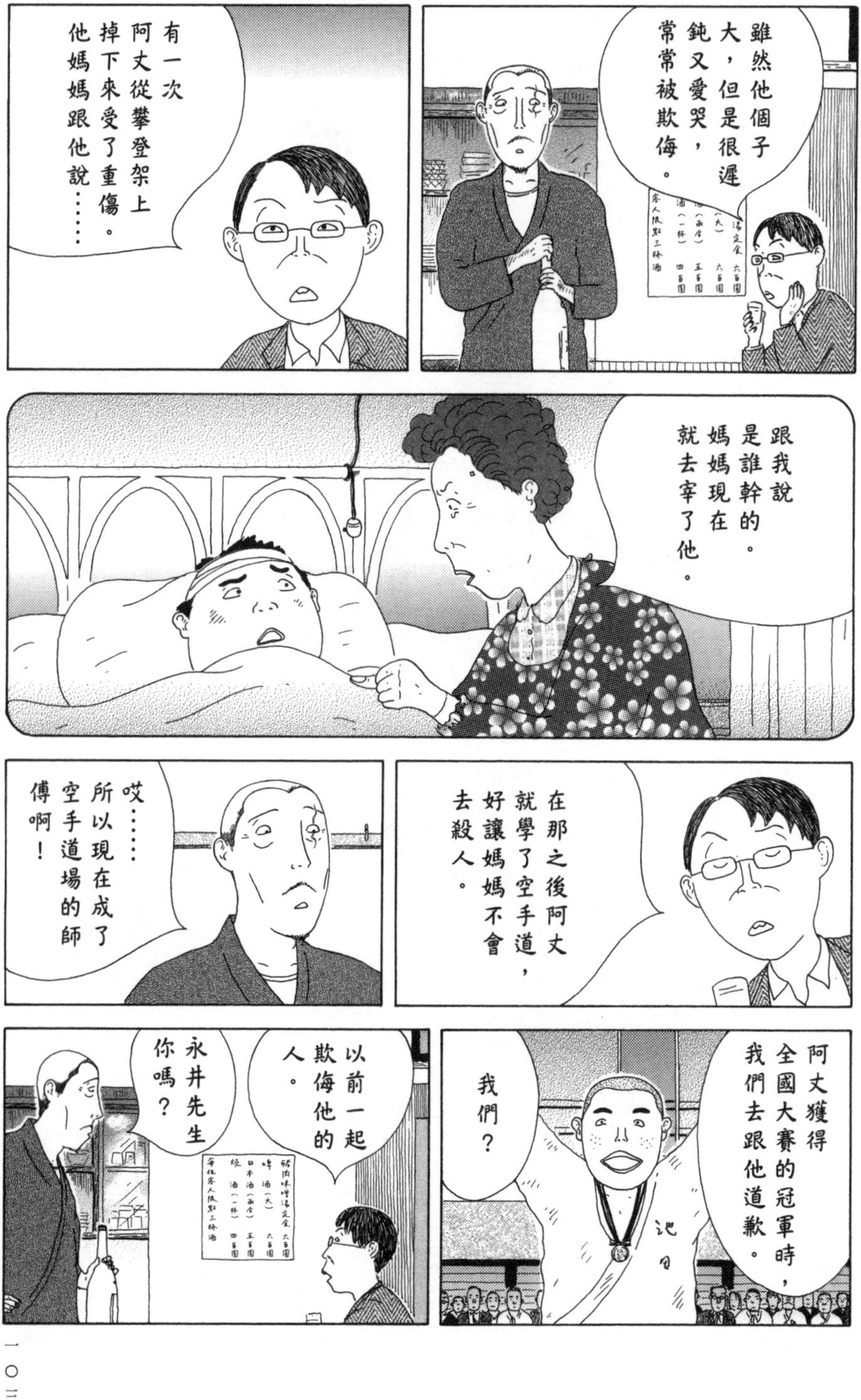
雖然他個子大，但是很遲鈍又愛哭，常常被欺侮。
有一次阿丈從攀登架上掉下來受了重傷。
他媽媽跟他說……
跟我說是誰幹的。媽媽現在就去宰了他。
在那之後阿丈就學了空手道，好讓媽媽不會去殺人。
哎……所以現在成了空手道場的師傅啊！
阿丈獲得全國大賽的冠軍時，我們去跟他道歉。
我們？
以前一起欺侮他的人。
永井先生你嗎？

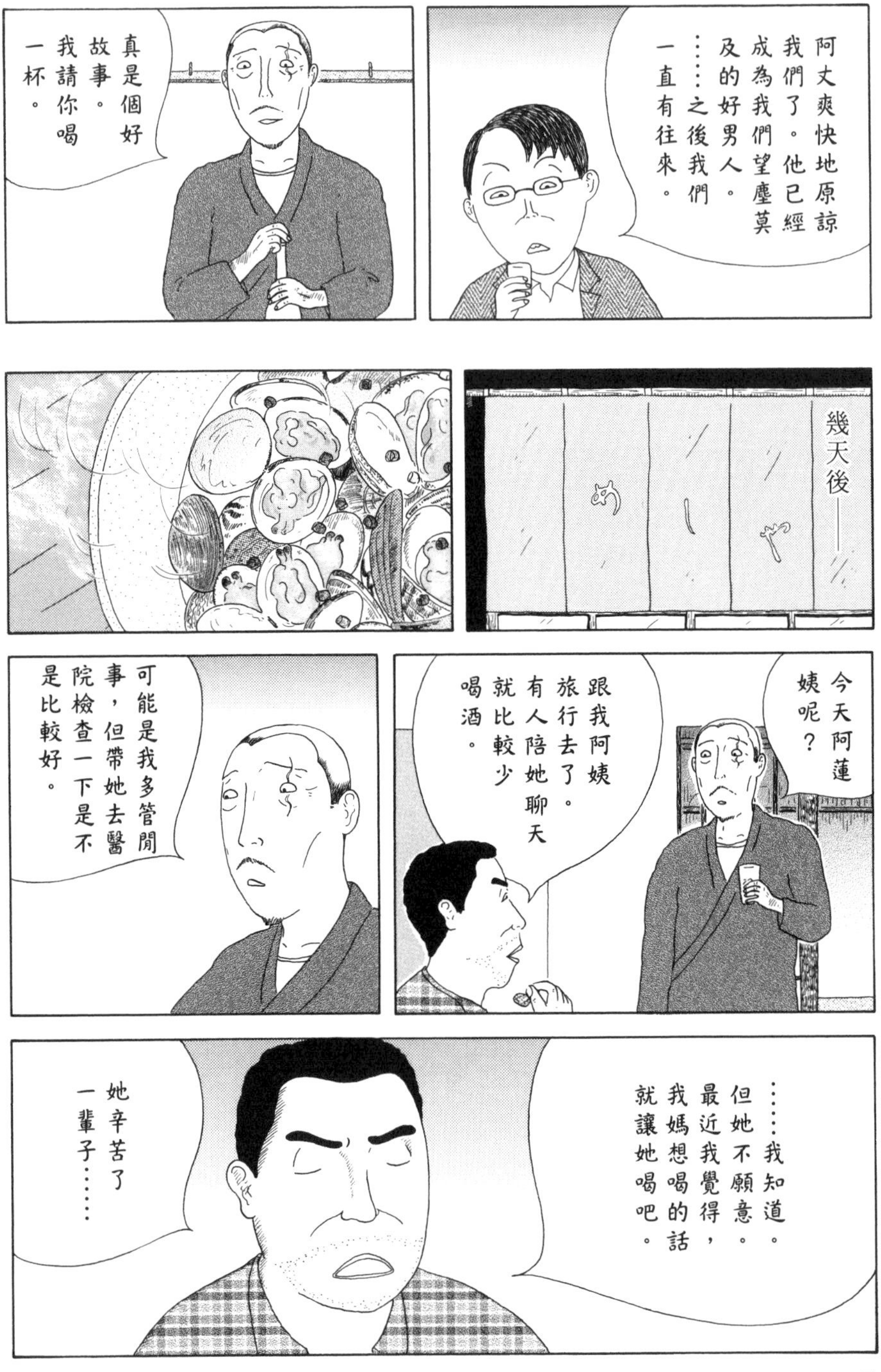
阿丈爽快地原諒我們了。他已經成為我們望塵莫及的好男人。……之後我們一直有往來。
真是個好故事。我請你喝一杯。
幾天後——
めしや
今天阿蓮姨呢？
跟我阿姨旅行去了。有人陪她聊天就比較少喝酒。
可能是我多管閒事，但帶她去醫院檢查一下是不是比較好。
……我知道。但她不願意。最近我覺得，我媽想喝的話就讓她喝吧。
她辛苦了一輩子……

……我老爹在工廠倒閉後，跟女人跑了。
成天都有討債的人到家裡來。
有一天我媽突然帶我去海邊。
我記得我們在沙灘上一直走。走累了就去一間小食堂——
我在那裡第一次吃到酒蒸蛤蜊。好吃得要命連吃了三碗。
……

我媽說因為我吃得太香了，她就打消了尋死的念頭。
阿蓮姨來店裡也都叫酒蒸蛤蜊。
……是啊……
後來看著阿丈一次次背著爛醉的媽媽回家，
好像到了不得不送她入院的時候了
三個月後
TACHIBANA
SNACK
ふ
老闆知道嗎？阿丈受傷了。
咦!?
他帶著出院的媽媽去海邊，回來時出了車禍。

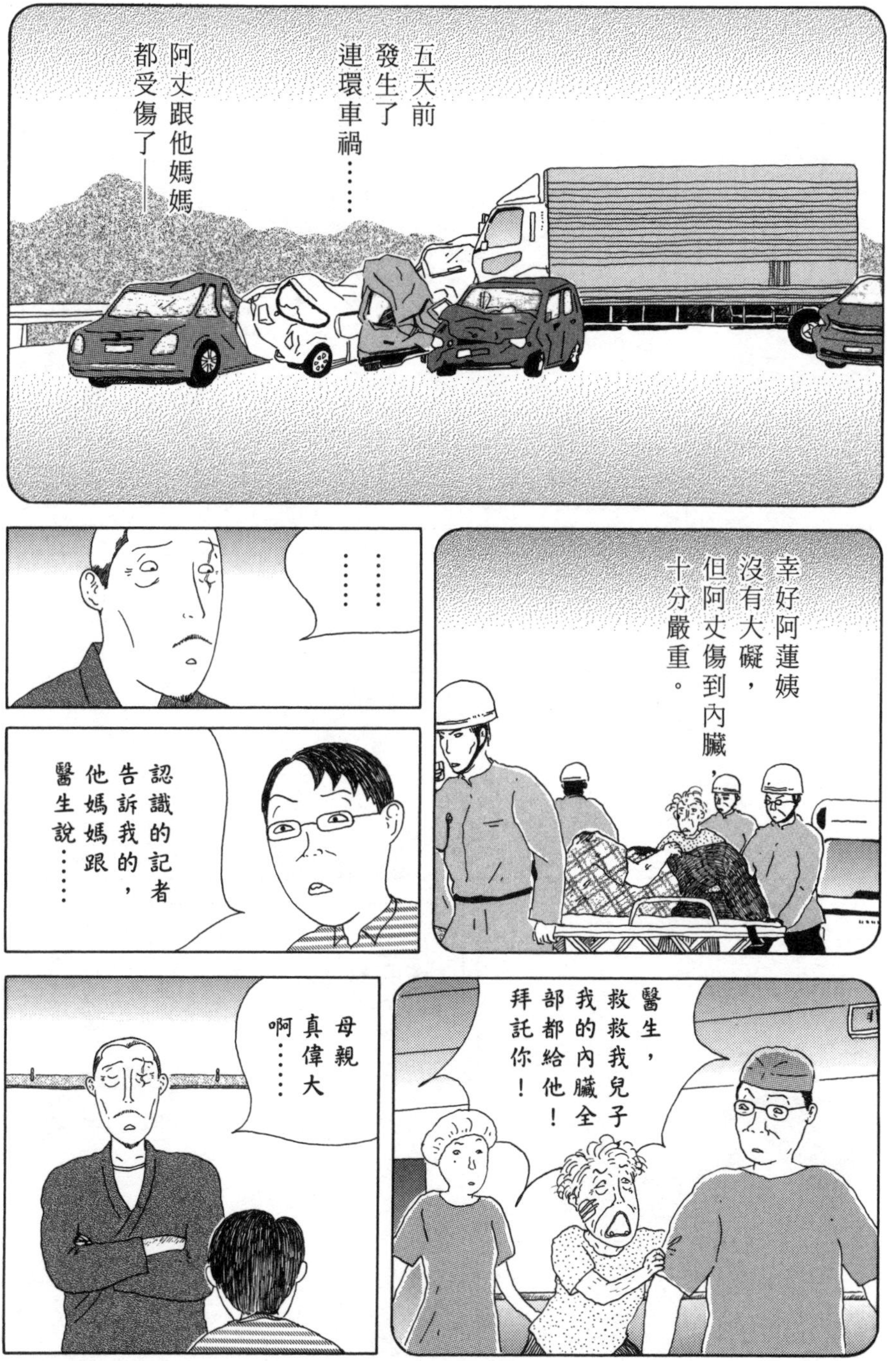
五天前
發生了
連環車禍……
阿丈跟他媽媽
都受傷了——
幸好阿蓮姨
沒有大礙，
但阿丈傷到內臟，
十分嚴重。
……
……
認識的記者
告訴我的，
他媽媽跟
醫生說……
醫生，
救救我兒子
我的內臟全
部都給他！
拜託你！
母親
真偉大
啊……

數月後——
恭喜你出院。
謝謝。真奇怪，手術過後我能喝酒了呢。
我終於戒酒了，笨蛋兒子卻開始喝了！
少囉唆，死老太婆，快點去死吧。
你撿回一條命，還在胡說什麼！
……
果然是母子呢，真是的。

第40夜◎俄式酸奶牛肉

我的營業方針是客人可以隨便點菜，只要做得出來就做。但有時候會有人點非常誇張的東西。
俄式酸奶牛肉。
她是第一次來。
啥!?

俄式酸奶牛肉是啥咪玩意？
那是俄國菜，據說是沙皇時代史托甘諾夫伯爵發明的。
牛肉跟洋蔥、蘑菇一起炒，加上高湯燉煮，起鍋時再淋牛肉醬汁或是酸奶油。看起來有點像咖哩。
哎……
老闆能做嗎？
也不是不能……要花點時間。
沒關係，我可以等。
那我也要。
我也要。
我也要。

洋蔥跟大蒜
炒到淺褐色……
融化奶油來炒
牛肉，再淋上
白蘭地啊……
我拚了老命
在做俄式
酸奶牛肉的時候，
你以為客人
在做什麼？
啪
啪
啪
啪
啪
啪
一直在捏泡泡紙。

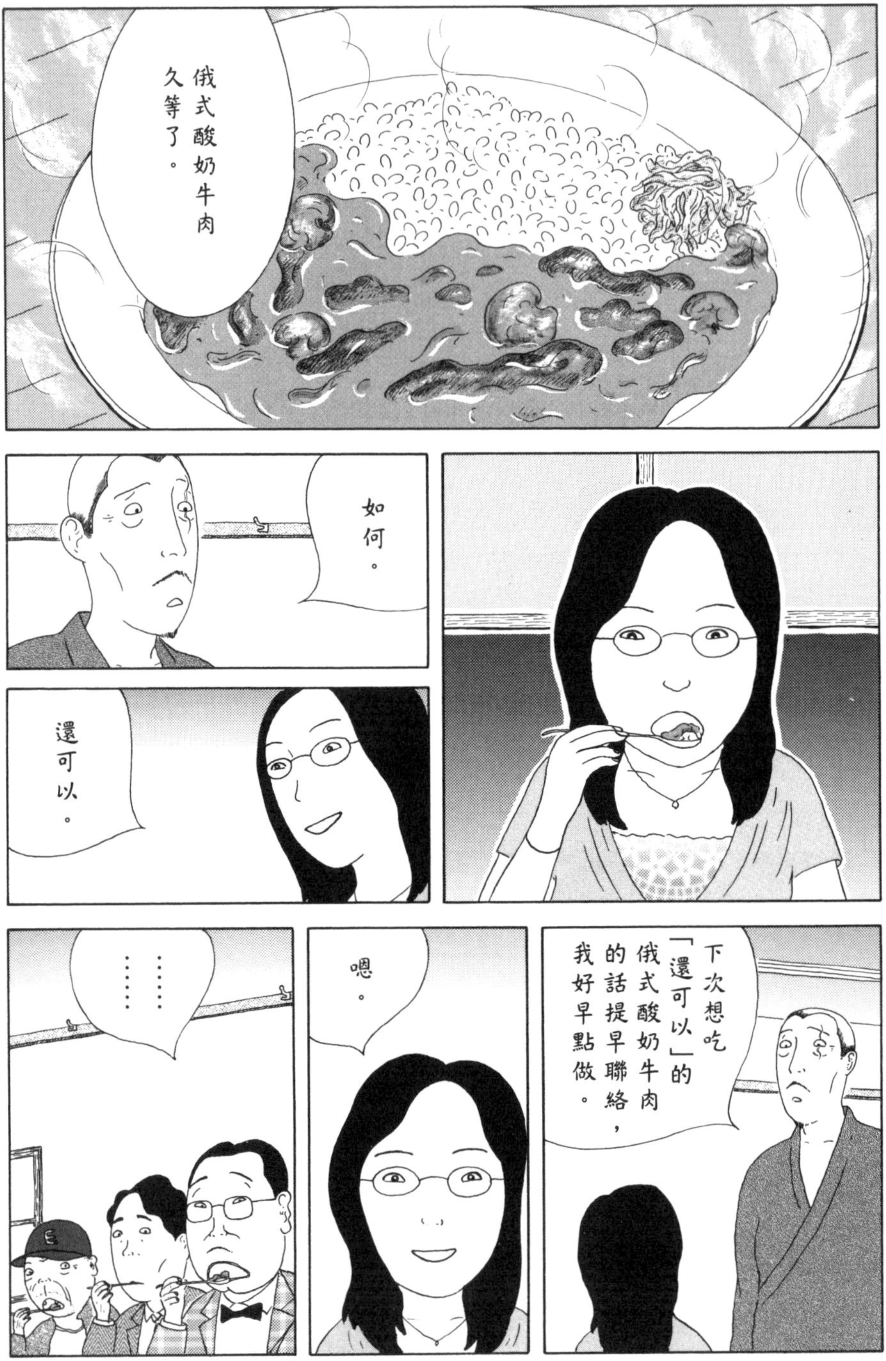
俄式酸奶牛肉久等了。
如何。
還可以。
下次想吃「還可以」的俄式酸奶牛肉的話提早聯絡，我好早點做。
嗯。
……
……

茶水間
辻
今天
8點在『R』
♡ ♡ ♡

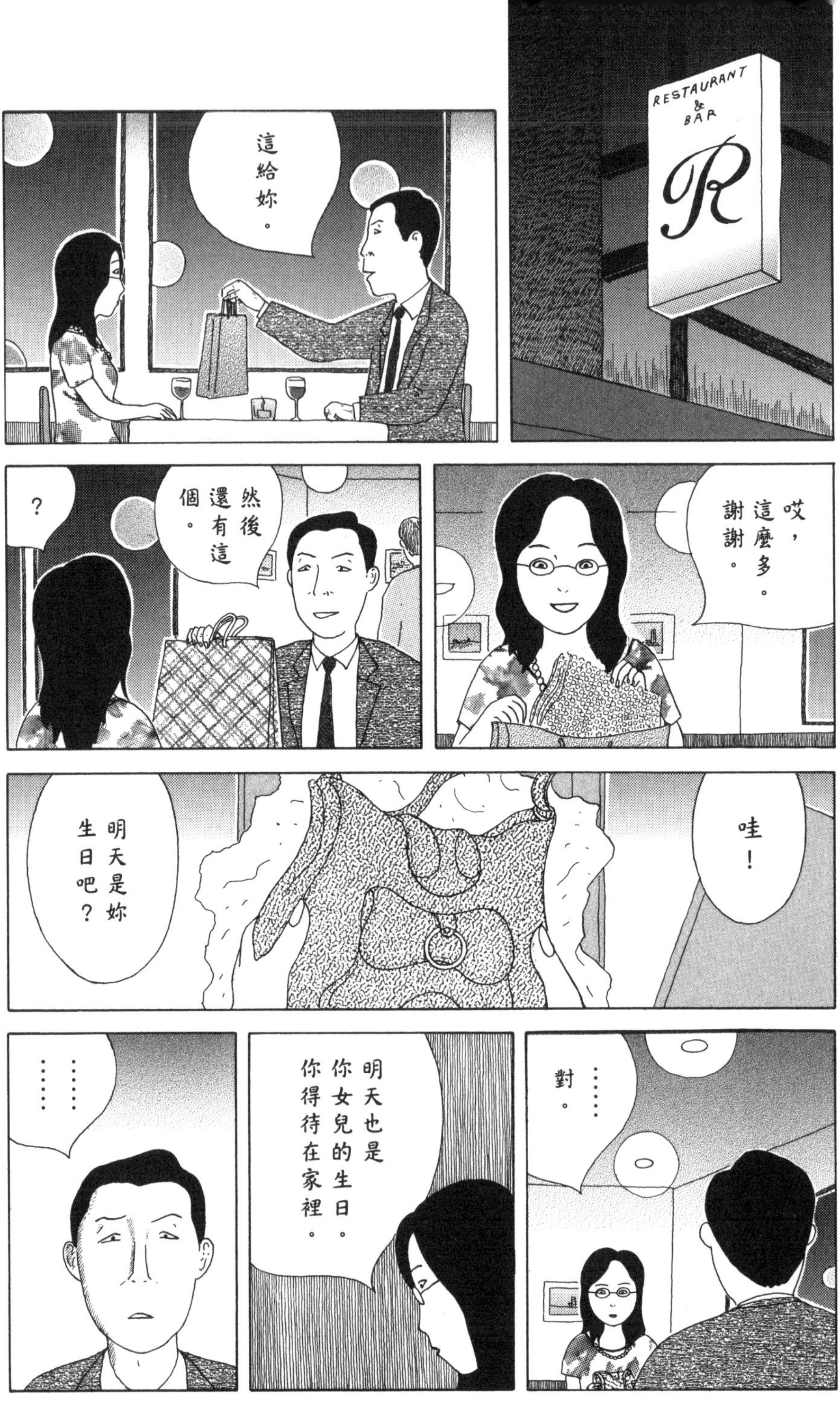
RESTAURANT & BAR
R
這給妳。
哎，這麼多。謝謝。
然後還有這個。
？
哇！
明天是妳生日吧？
……對。
明天也是你女兒的生日。你得待在家裡。
……

那天她也突然出現，
點了俄式酸奶牛肉。
要花時間喔。
沒關係，
我等。
啪
啪
啪
啪
啪
啪
啪
啪
啪
久等了。
那個好玩嗎？
不好玩，
但就會一直捏下去……
老闆沒有這種經驗嗎？
不管是工作，
還是戀愛……
啪

BAR
すみれ
SNACK
SO
占
……
馬上就會有轉機了。應該是轉往好的方向。
好的方向。
是的。但要看妳怎麼決定了。
產
業
町田，恭喜啦。第三個孩子是嗎!?

!?
是男孩吧？
……對
RESTAURANT & BAR
R
今天帶了好多給妳。
……
……
啪
啪
啪
啪
啪
啪
啪
啪
啪
啪
啪
啪
啪
啪
啪
啪

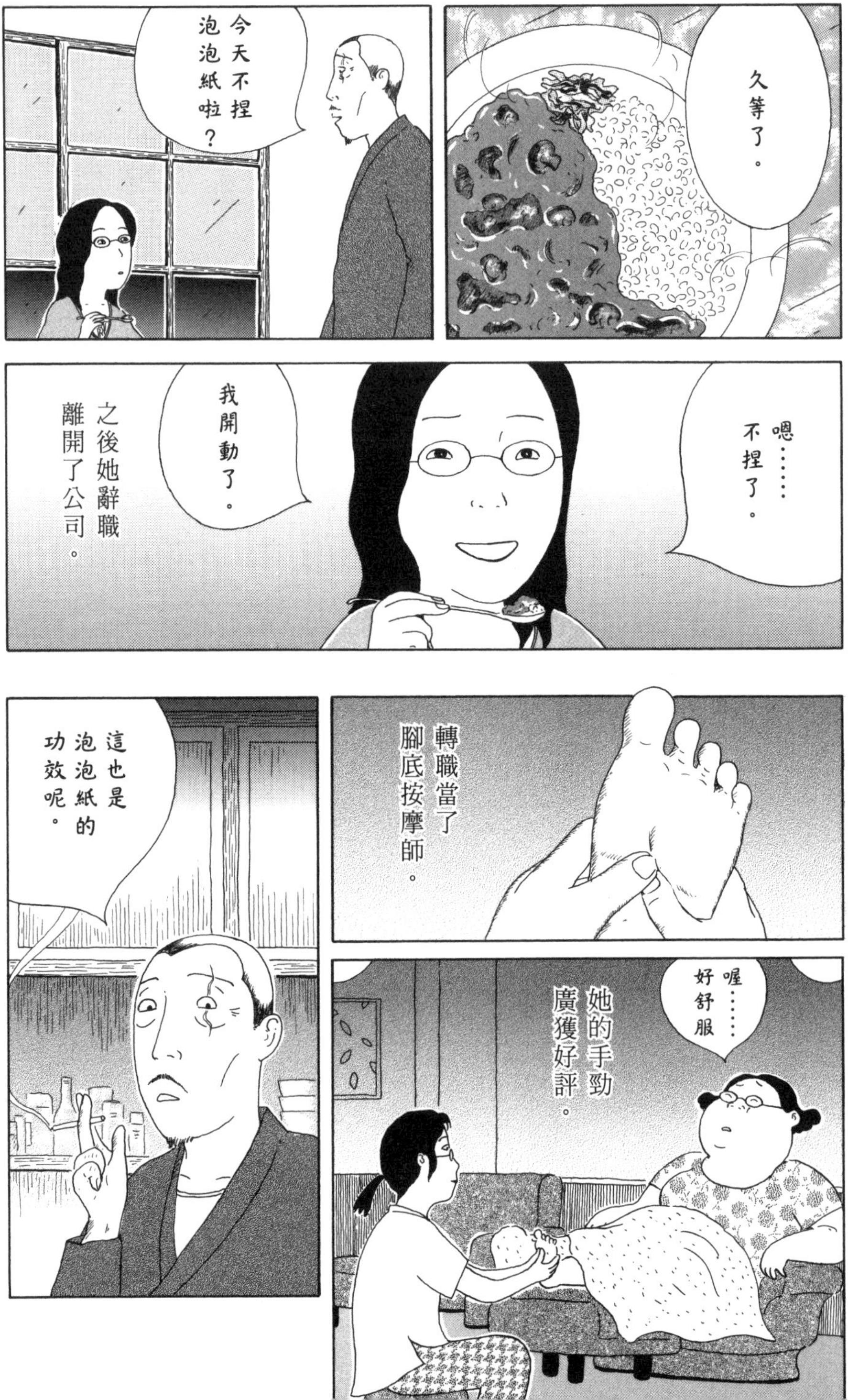
久等了。
今天不捏泡泡紙啦？
嗯……不捏了。
我開動了。
之後她辭職離開了公司。
轉職當了腳底按摩師。
她的手勁廣獲好評。
喔……好舒服
這也是泡泡紙的功效呢。

第41夜◎三色拌飯香鬆
紀子說：「我在跟開紅色保時捷的男人約會之後撿到『他』的。」
HAIR

然後呢？
他滿帥的……
給你。要買啤酒嗎？
啊，嗯……
那要不要一起去喝酒？我請客。
咦……
說到這裡小紀一口喝光了冷酒……
我要白飯。

我盛了一碗白飯，
把小紀幾年前——
放在店裡的三色拌飯香鬆罐，放在她面前。
他讀美術大學，名字叫做紀夫，今年才二十一歲！
嗯。
這是小紀第三個男朋友啦。

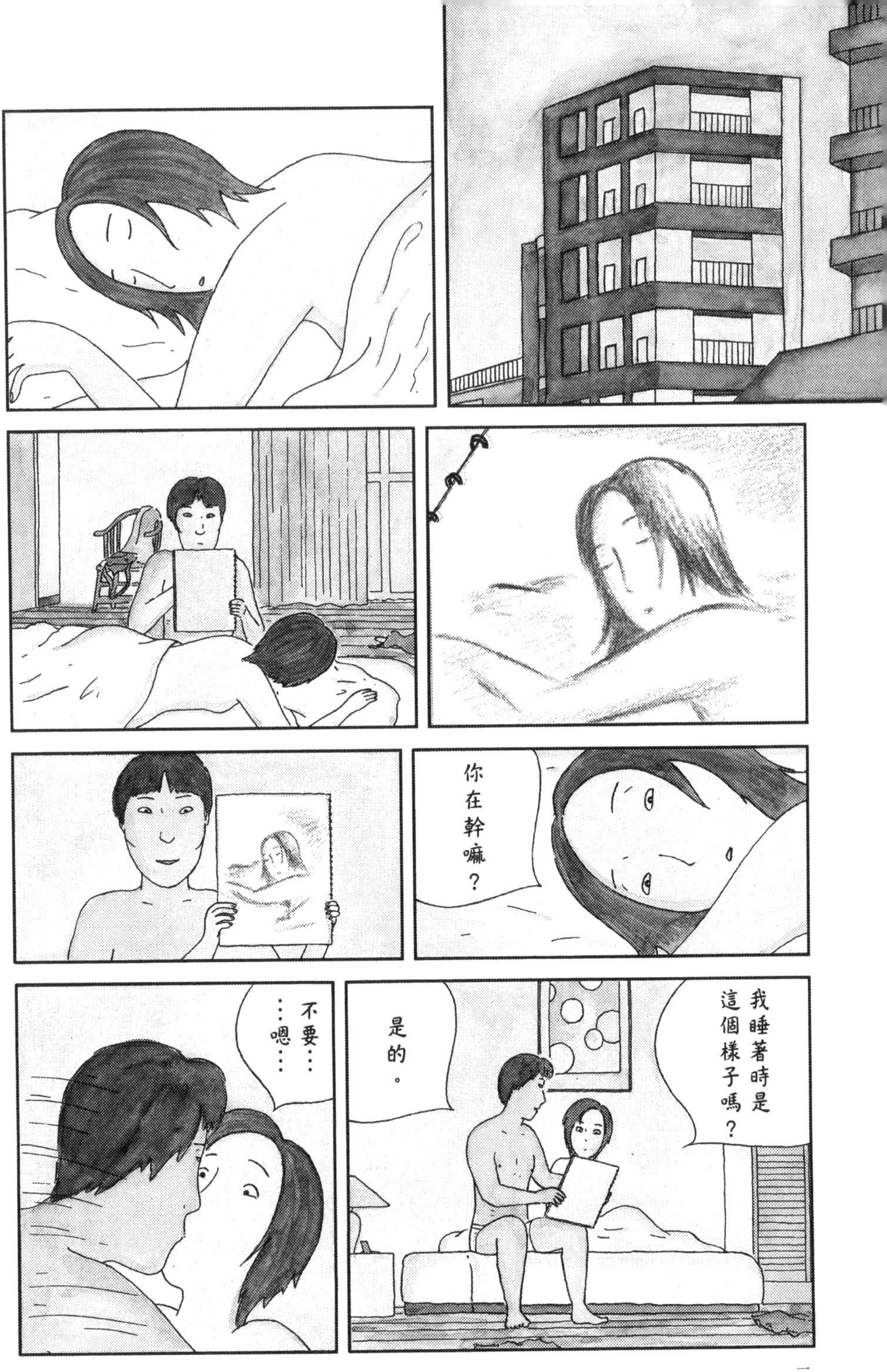

你在幹嘛？
我睡著時是這個樣子嗎？
是的。
不要……嗯……

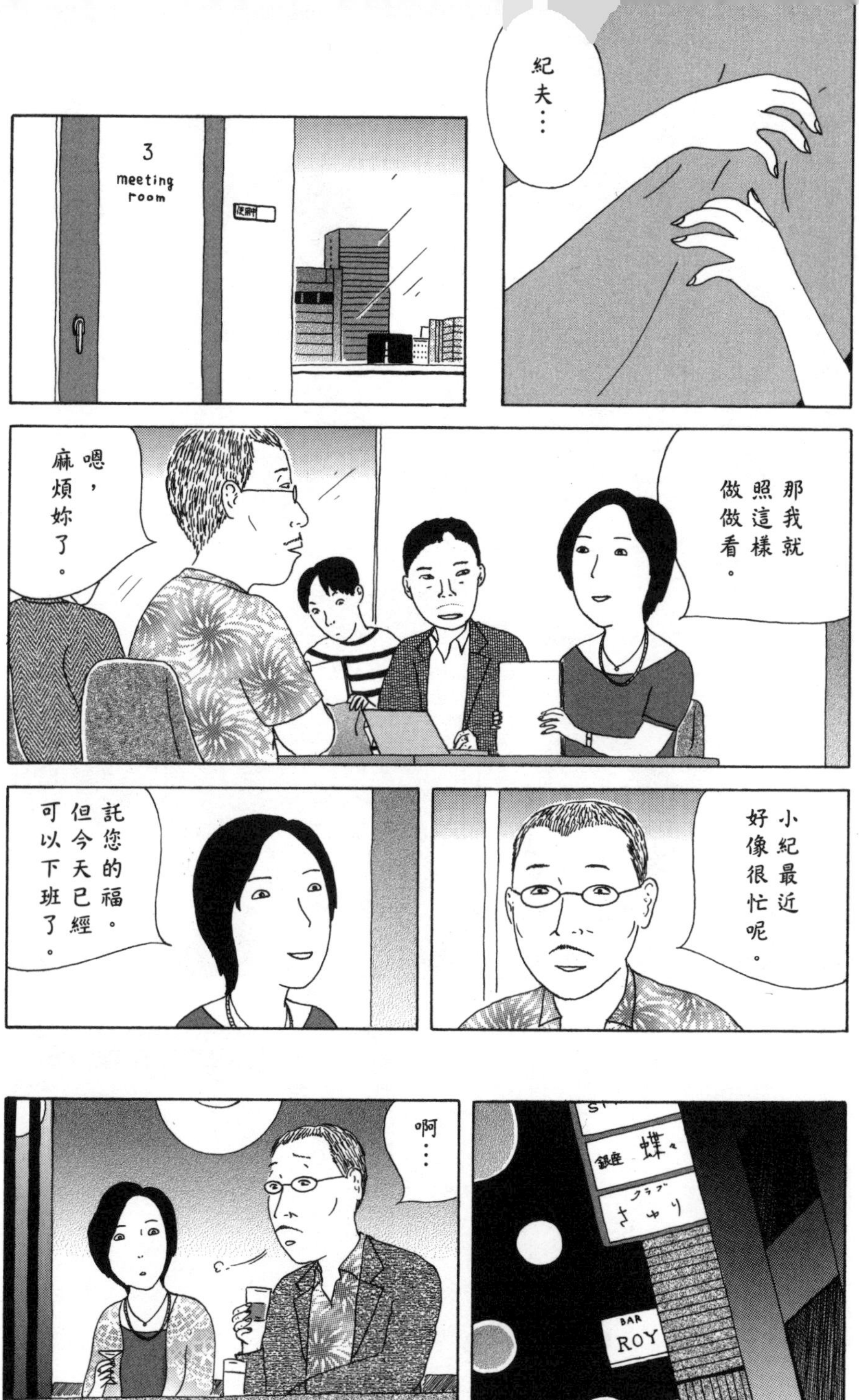
紀夫…
3
meeting
room
那我就照這樣做做看。
嗯，麻煩妳了。
小紀最近好像很忙呢。
託您的福。但今天已經可以下班了。
銀座 蝶々
クラブ
さゆり
BAR
ROY
啊…

怎麼了？沒什麼精神。
搞不好要被調職了。
……這樣啊，公司職員真辛苦。
……
放連假的時候要不要去箱根啊？好久沒去了。
哎，真的嗎？
老闆，這是禮物。
めしや
溫泉鐵蛋啊。妳去箱根了嗎？
嗯……

芝麻鹽
男人真糟。要是沒了自信，那方面也不行了……
……
……
飛過去了嗎!?
飛過去了!!
赤西代打扭轉局面的三分全壘打！
請聽聽赤西選手的英雄訪問。
真是太厲害了，我都起雞皮疙瘩了。
偶爾耍耍帥也不錯啦。
YOKOHAMA
哇—
真不愧是阿信，該表現時就好好表現。
回東京來要好好獎賞他。

看來
鱈魚子
開紅色保時捷的男人──
好像是赤西選手。
要喝啤酒嗎？
嗯。

怎麼啦？
……
不好意思，今天你先回去吧。
等一下！
回去吧!!
……然後就鬧得一塌糊塗。
男人太單純了。

紀子，妳要選誰！
兩人我都喜歡不是很好嗎？
喀啦
啊……
久等了。
好久不見，鹽野先生。
結果最後剩下的總是⋯⋯
嗯？
芝麻鹽。
芝麻鹽

第42夜◎甜漬小蔥頭

上次醃的小蔥頭可以吃的時候……
小蔥頭差不多了吧？
今年第一個嚐鮮的也是志村先生。
志村先生開計程車，提早收工的時候，早上六點會來喝一杯。

啾
啾
呼哈ー
再來一份。
這麼喜歡的話自己在家裡醃啊。
我老婆才不肯呢……她說手會臭，沒辦法工作。
志村先生太太的娘家
在食堂附近的巷子裡面開理髮廳。志村先生就住在樓上，所以可以在這個時間來喝一杯。

早安，今日的對談請到了經濟評論家清水忠良先生，
義大利餐廳老闆兼散文家久光涼子女士。
久光涼子最近常常出現，好像很能幹。
她原來是歌舞伎町的酒家女。
哎。
她跟銀座義大利餐廳的主廚老闆結婚，生意越來越好，先生死了以後，她還進軍旅館業，現在有三家餐廳，一家旅館呢。
你真清楚呢。
是啊……
啾

5.日本文學獎之一，得獎對象以大眾化作品為主。

!
找錢。
!?
……
……

你是阿敬嗎？
好久不見。
不寫小說了嗎？
嗯，發生了一些事。
這張名片給妳。叫我的話我隨時會到。
嗯。
原來如此。
怪不得你很清楚。
她叫過我兩三次，送她回家。

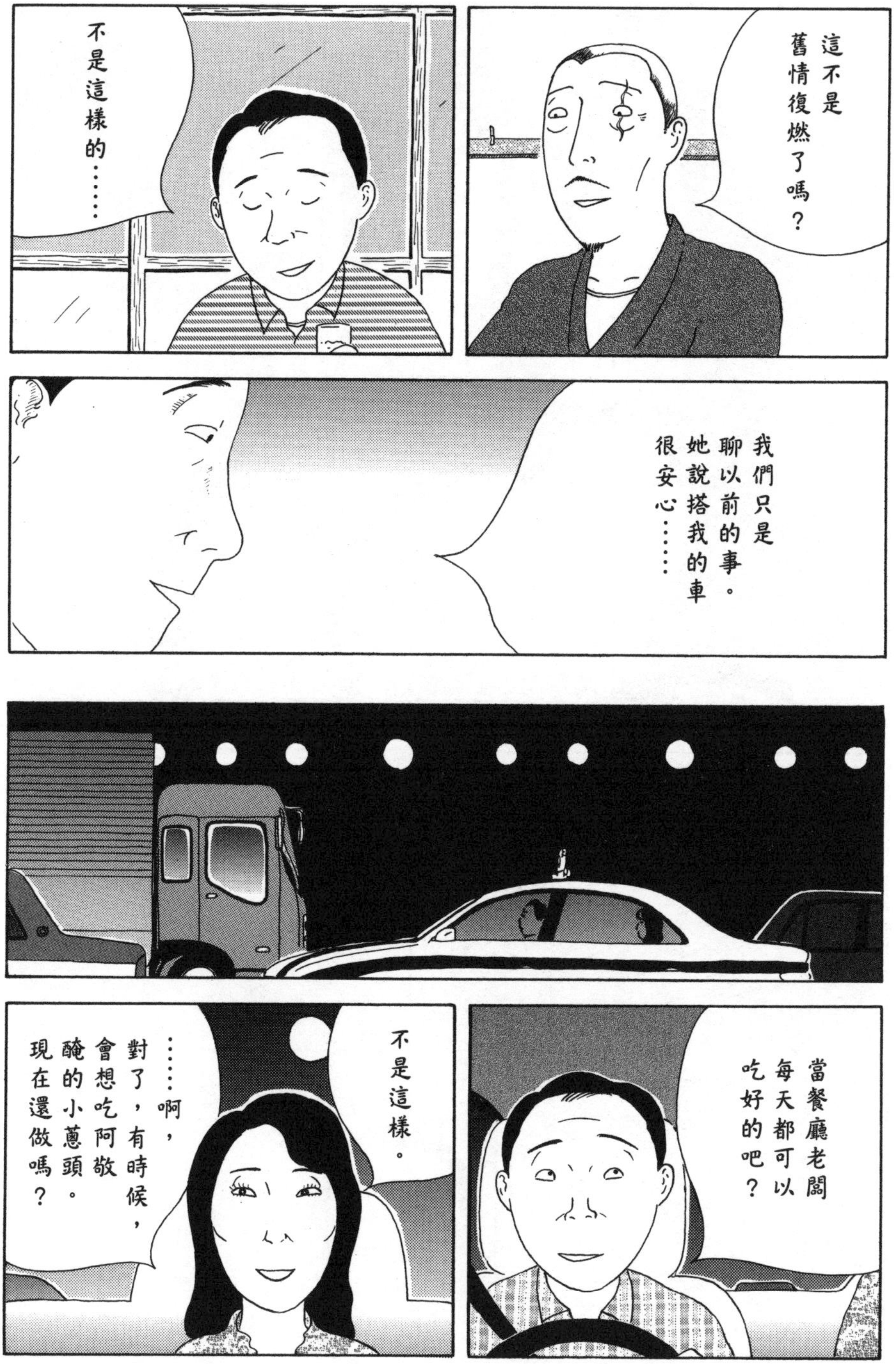
這不是舊情復燃了嗎？
不是這樣的……
我們只是聊以前的事。她說搭我的車很安心……
當餐廳老闆每天都可以吃好的吧？
不是這樣。
……啊，對了，有時候，會想吃阿敬醃的小蔥頭。現在還做嗎？

不了……涼子離開後就沒做過。
……這樣啊。
對了，下次做給妳吃吧。
真的?!
嗯。
一面流淚一面替以前的女友醃蔥頭啊……
我突然開始剝小蔥頭的皮，老婆嚇了一大跳呢。
我想也是。
我說因為妳不肯做，我只好自己做啦。我一直沒跟妳說，但過了二十幾年還記得怎麼做呢。
……差不多可以吃啦。

那你有跟她聯絡吧？
不，我不主動跟她聯絡的。下次她找我再拿給她吧。
散文家久光涼子在東京的義大利餐廳，出現了食物中毒患者。
咦！
……
食物中毒事件，她處理得很好，但是……
不倫
深夜與議員幽會
之後還有逃稅報導以及跟某議員的不倫緋聞，久光女士就從公眾場合消失了——

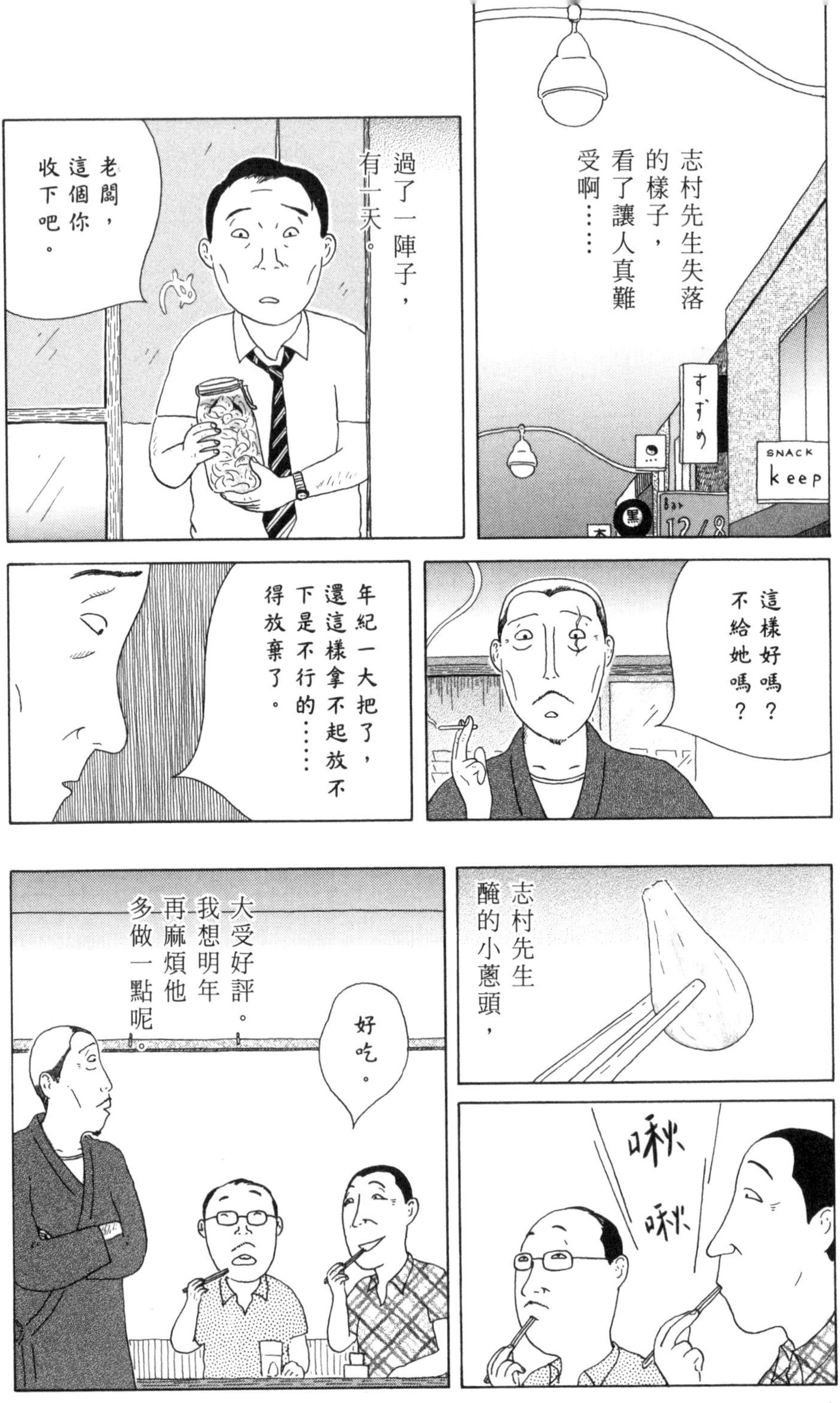
志村先生失落的樣子，看了讓人真難受啊……
すずめ
SNACK keep
過了一陣子，有一天。
老闆，這個你收下吧。
這樣好嗎？不給她嗎？
年紀一大把了，還這樣拿不起放不下是不行的……得放棄了。
志村先生醃的小蔥頭，
啾
啾
大受好評。我想明年再麻煩他多做一點呢。
好吃。

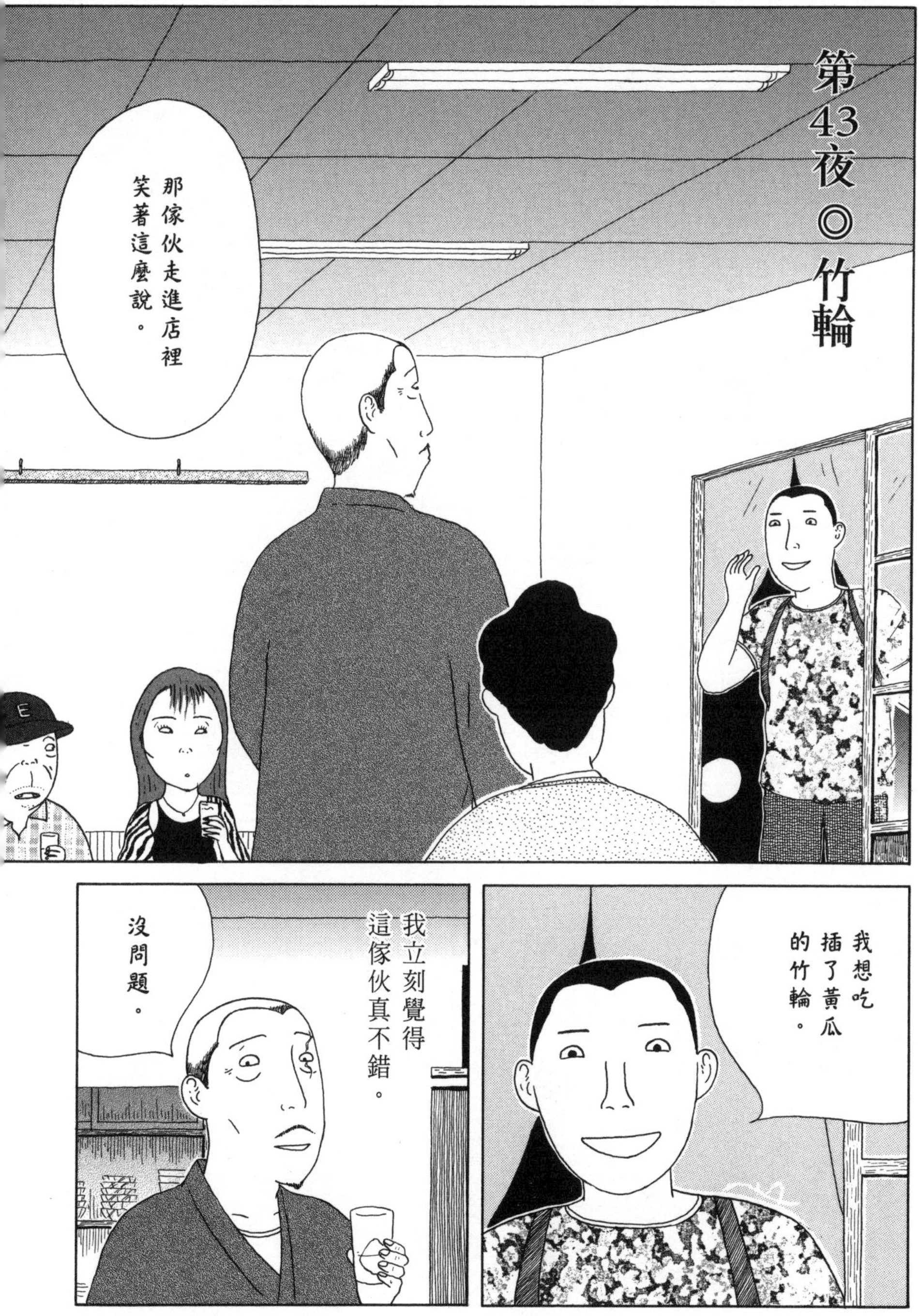

第43夜◎竹輪
那傢伙走進店裡笑著這麼說。
我想吃插了黃瓜的竹輪。
我立刻覺得這傢伙真不錯。
沒問題。

要美奶滋嗎？
當然要。
久等了。
♪

果然很好吃。
那就好。
誰做吃起來都一樣就是了。
結果那天他配著一瓶啤酒，
把店裡所有的竹輪都插上黃瓜吃了才走。

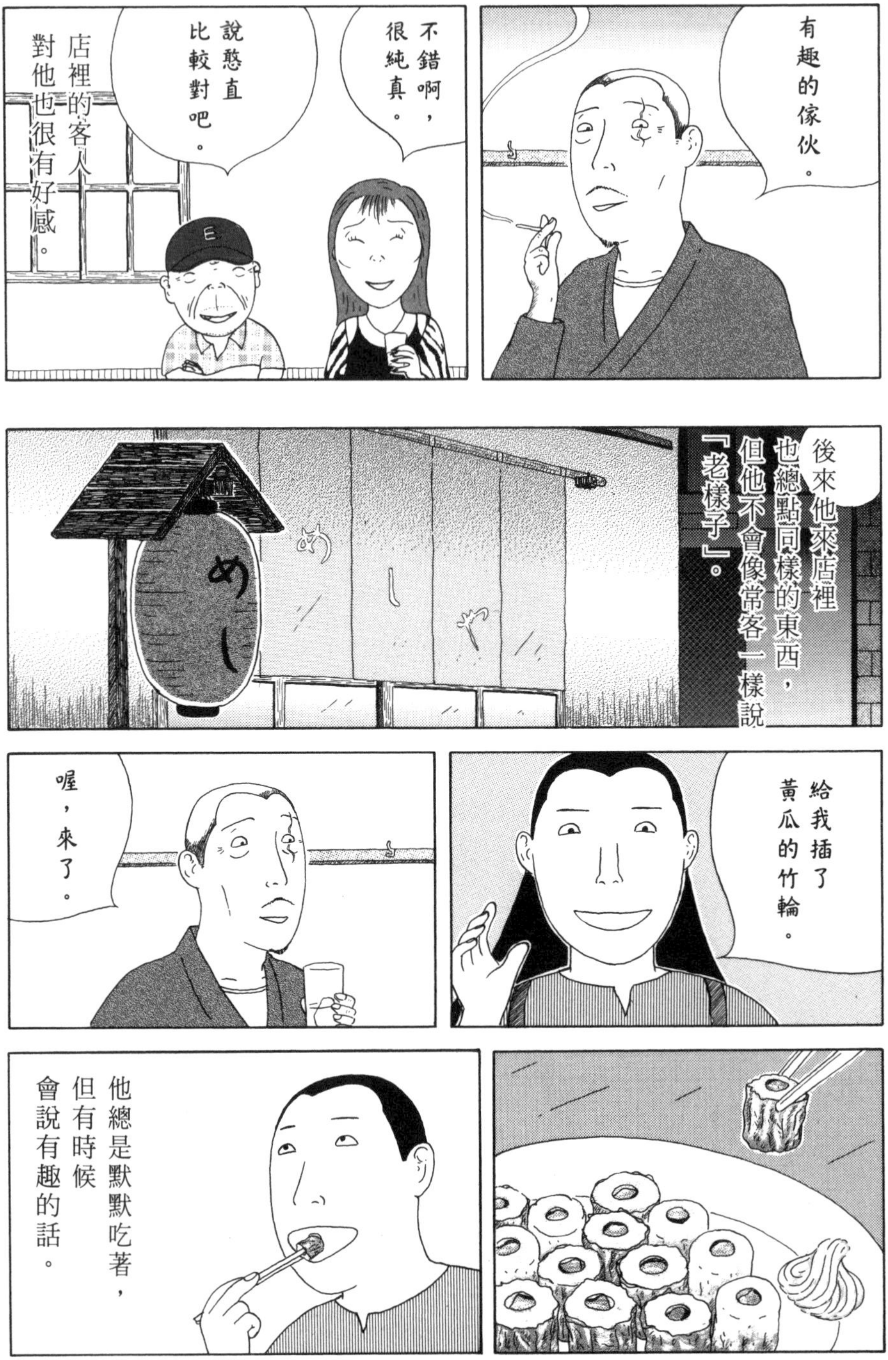
有趣的傢伙。
不錯啊，很純真。
說憨直比較對吧。
店裡的客人對他也很有好感。
後來他來店裡也總點同樣的東西，但他不會像常客一樣說「老樣子」。
めし
給我插了黃瓜的竹輪。
喔，來了。
他總是默默吃著，但有時候會說有趣的話。

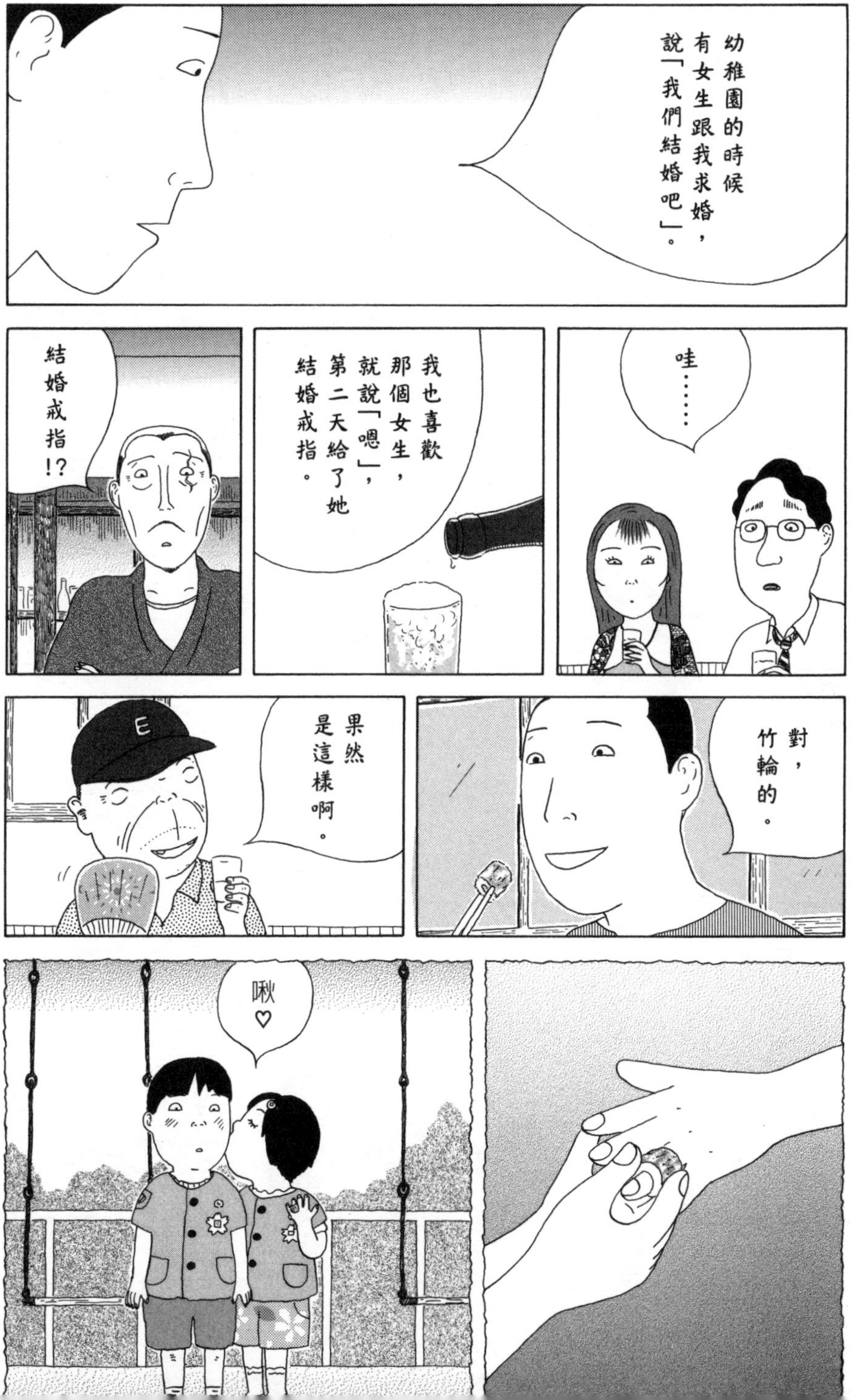
幼稚園的時候
有女生跟我求婚，
說「我們結婚吧」。
哇……
我也喜歡
那個女生，
就說「嗯」，
第二天給了她
結婚戒指。
結婚戒指!?
對，
竹輪的。
果然
是這樣
啊。
啾
♡

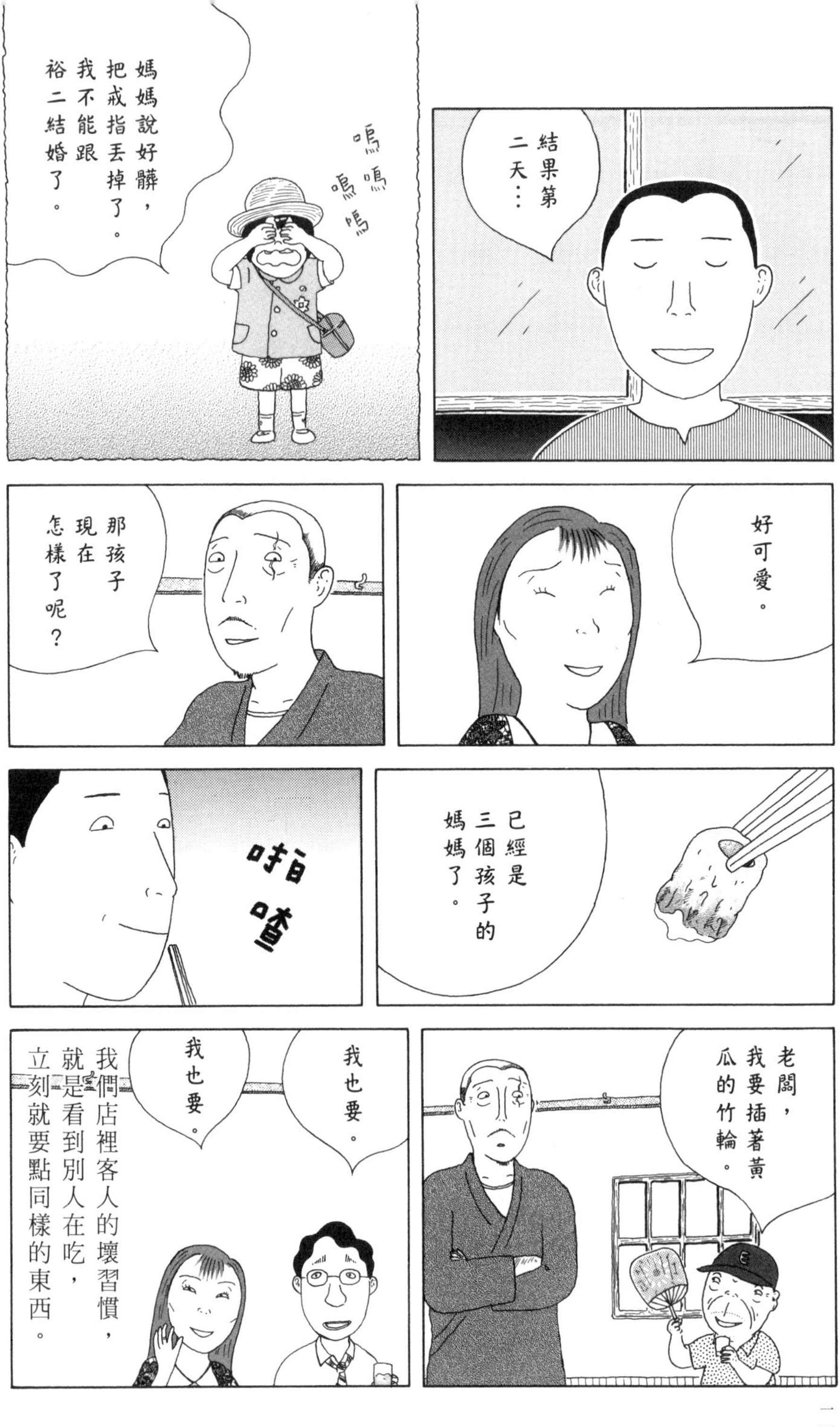
結果第二天……
媽媽說好髒，把戒指丟掉了。我不能跟裕二結婚了。
嗚嗚嗚嗚
好可愛。
那孩子現在怎樣了呢？
已經是三個孩子的媽媽了。
啪喳
老闆，我要插著黃瓜的竹輪。
我也要。
我也要。
我們店裡客人的壞習慣，就是看到別人在吃，立刻就要點同樣的東西。

某個雨天……
我想吃插了起司的竹輪。
咦？
!?
起司嗎？
嗯，起司…
不知怎地好像不該再追問下去，那天我只默默地把起司插在竹輪裡給他。

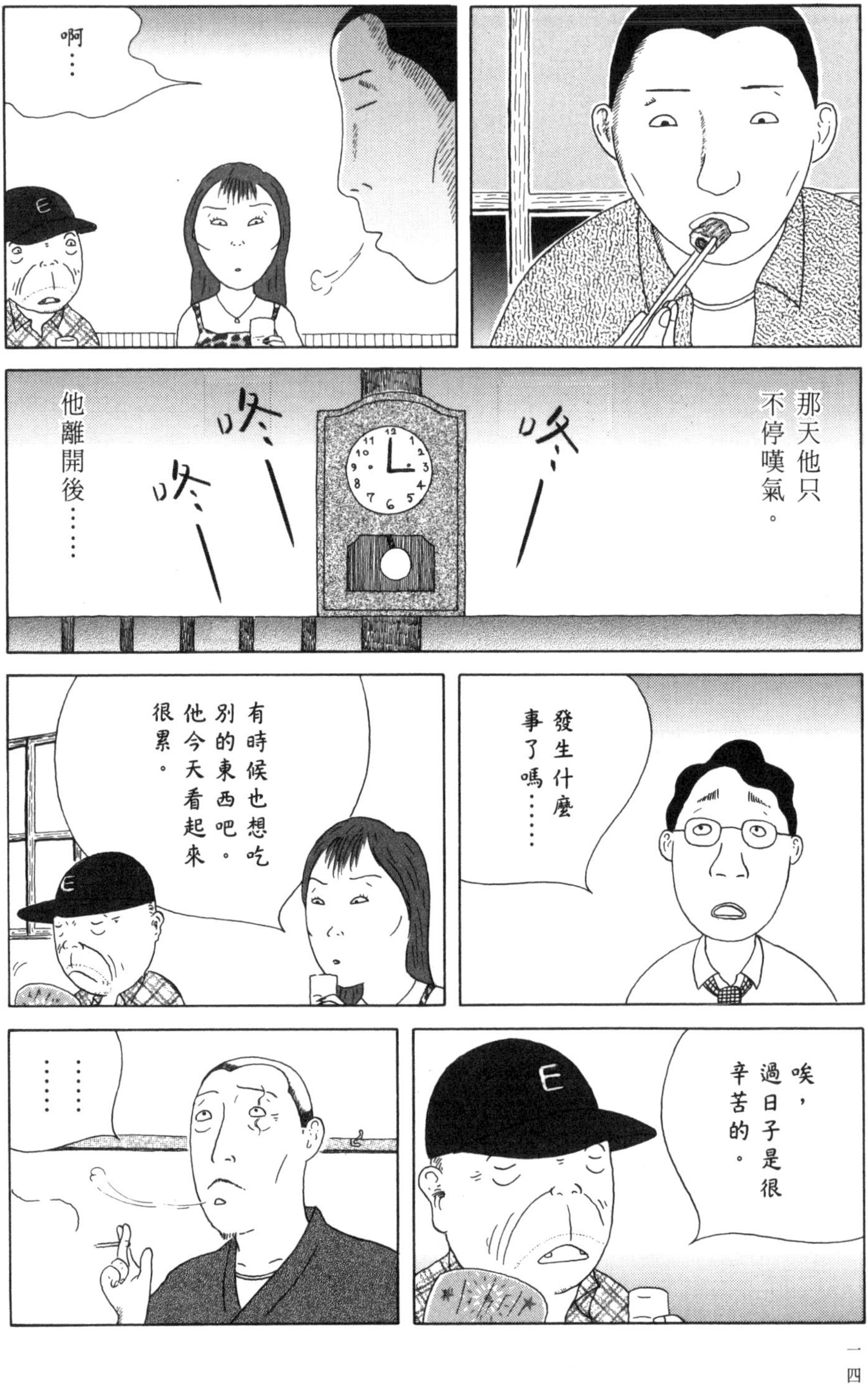
啊……
那天他只不停嘆氣。
咚
咚
咚
他離開後……
發生什麼事了嗎……
有時候也想吃別的東西吧。他今天看起來很累。
唉，過日子是很辛苦的。
……
……

下次來的時候——
插了起司的竹輪。
我實在忍不住啦……
最近都不吃黃瓜啊？
黃瓜？我討厭黃瓜。
我要插著黃瓜的竹輪。
咦？
喀啦

這似乎是偶然的重逢。
這對雙胞胎雖然都在東京，但是毫無聯絡……
裕二，你在做什麼？
演戲，我進了劇團。裕一呢？
搞笑……但不久前我的伙伴決定退出，回鄉下去了……
喔……
於是他們倆最近以「竹輪兄弟」的藝名上電視了。請大家多指教。
我是起司。
我是黃瓜。我們是「竹輪兄弟」～

清口菜

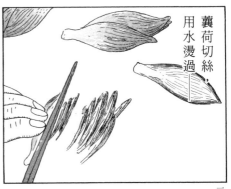

清口菜◎蘘荷
我只有在出太陽的時候才去澡堂。在午後柔和陽光中的浴室裡泡澡，真是至高無上的享受。
中華料理
大陸
質
内科・小児科
加藤医院
メガネ・指輪
正木時計店
我泡在浴缸裡，想著洗完澡要吃什麼配啤酒。
嗯…
!
蘘荷切絲，用水燙過
加上柴魚花跟醬油！

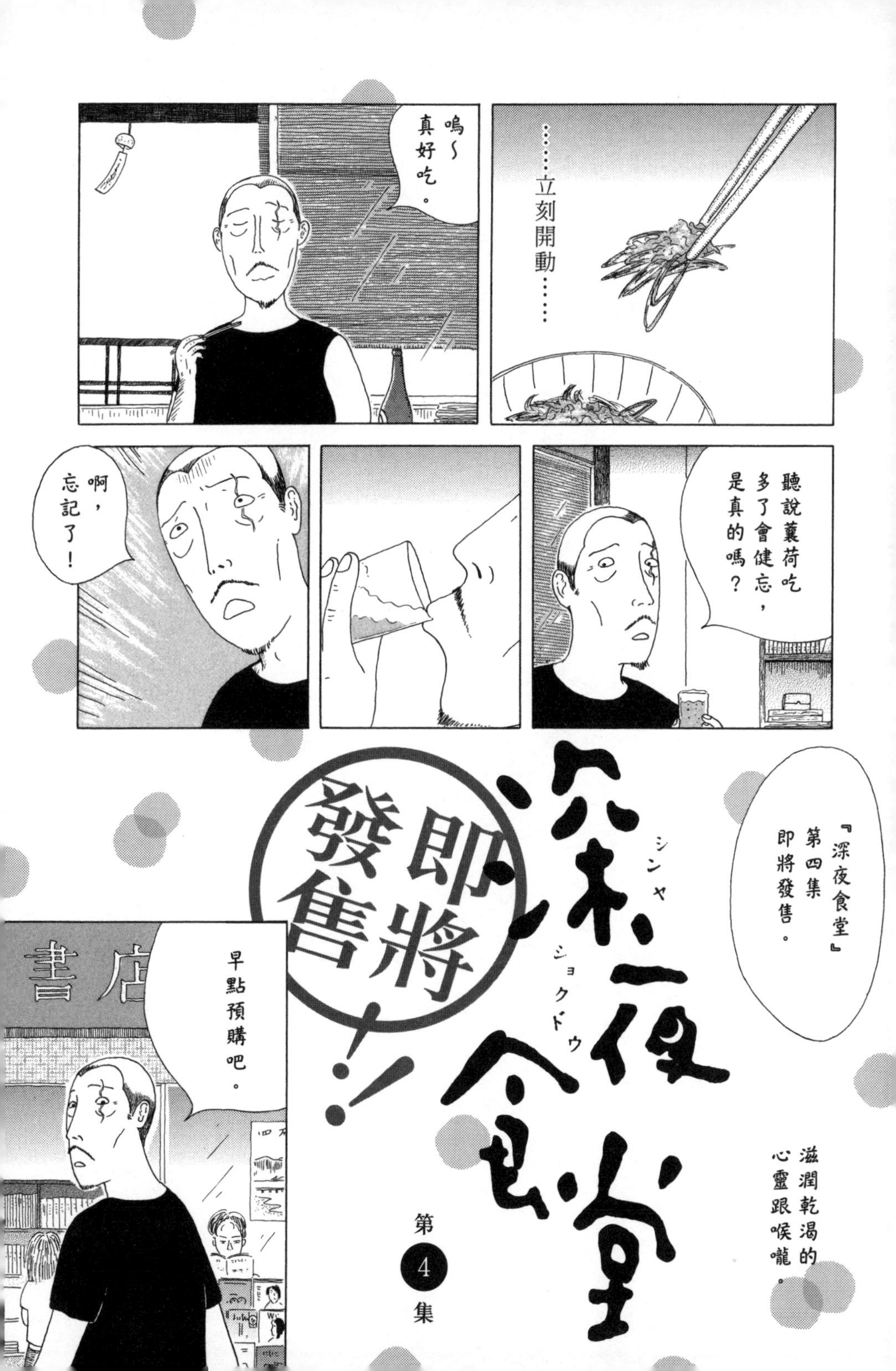
……立刻開動……
嗚～真好吃。
聽說蘘荷吃多了會健忘，是真的嗎？
啊，忘記了！
『深夜食堂』第四集即將發售。
深夜食堂
シンヤショクドウ
即將發售!!
第4集
滋潤乾渴的心靈跟喉嚨。
早點預購吧。
書店

深夜食堂 YY0303

深夜食堂 3

作者

安倍夜郎（Abe Yaro）

一九六三年二月二日生。曾任廣告導演，二〇〇三年以《山本掏耳店》獲得「小學館新人漫畫大賞」，之後正式在漫畫界出道，成為專職漫畫家。

《深夜食堂》在二〇〇六年開始連載，由於作品氣氛濃郁、風格特殊，二度改編成日劇播映，由小林薰擔任男主角，隔年獲得「第55回小學館漫畫賞」及「第39回漫畫家協會賞大賞」。

譯者

丁世佳

以文字轉換糊口二十餘年，英日文譯作散見各大書店。對日本料理大大有愛；一面翻譯《深夜食堂》一面照做老闆的各種拿手菜。

長草部落格：tanzanite.pixnet.net/blog

書籍裝幀　黑木香 + Bay Bridge Studio
版面構成　何曼瑄
內頁排版　黃雅藍
手寫字體　鹿夏男、吳偉民
責任編輯　鄭偉銘
副總編輯　梁心愉
企劃主任　詹修蘋
版權負責　陳柏昌

初版一刷　二〇一一年十一月二十八日
初版二十四刷　二〇二三年三月八日

定價　新臺幣二〇〇元

ThinKingDom 新経典文化
發行人　葉美瑤
出版　新經典圖文傳播有限公司
地址　臺北市中正區重慶南路一段五七號一一樓之四
電話　02-2331-1830　傳真　02-2331-1831
讀者服務信箱　thinkingdomtw@gmail.com
部落格　http://blog.roodo.com/thinkingdom

總經銷　高寶書版集團
地址　臺北市內湖區洲子街八八號三樓
電話　02-2799-2788　傳真　02-2799-0909
海外總經銷　時報文化出版企業股份有限公司
地址　桃園市龜山區萬壽路二段三五一號
電話　02-2306-6842　傳真　02-2304-9301

深夜食堂 3 / 安倍夜郎作；丁世佳譯. -- 初版.
-- 臺北市：新經典圖文傳播, 2011.11-
冊；　公分

ISBN 978-986-87616-2-9（第 3 冊：平裝）

861.57　　100017381